羅德斯島戰記 1

誓約之寶冠

水野良
illustration
左

有一座名為羅德斯的島。

遠古時代，在眾神大戰的最後，大地母神瑪法即使遭受
破壞女神卡蒂絲的詛咒侵蝕，依然用盡她最後的力量，
從亞列克拉斯特大陸切離出這座島嶼。

從此之後，羅德斯因為是瑪法的墓地，
所以成為註定豐饒富足的大地，
同時也因為是卡蒂絲的葬身之所，所以成為魔物猖獗的黑暗大地。

因此，人們是這麼稱呼這座島的——
「被詛咒之島」羅德斯。

貝魯德

眾人稱為「黑暗皇帝」而畏懼的前瑪莫帝國皇帝。是打倒魔神王的六英雄之一，立下諸多武勳的英傑。

卡修

弗雷姆的初代國王。在英雄戰爭時立下了討伐瑪莫黑暗皇帝貝魯德的武勳。

潘恩

以自由騎士的身分在六大王國皆立下武勳，獲頒「羅德斯之騎士」這個稱號的英雄。

史雷因

拯救史派克與愛女妮思脫離「終焉」，別名「北之賢者」的前弗雷姆宮廷魔法師。

渥特

別名「荒野之賢者」，精通所有魔法，羅德斯實力頂尖的魔法師。

雷歐納

卡農國王。昔日隱藏王子身分解放了滅亡的卡農，因此別名「歸還王」。

史派克

瑪莫的初代國王。和卡蒂絲教團決戰，在生還之後統治暗黑之島。

蕾莉雅

大賢者史雷因的妻子。曾經被羅德斯歷史的幕後黑手卡拉附身，因為潘恩的活躍而獲得解放。

C H A R A C T E R

RECORD OF LODOSS WAR

CONTENTS

序章

RECORD OF LODOSS WAR

有一座名為羅德斯的島。

這是位於亞列克拉斯特大陸南方的邊境島嶼。大陸的居民們都稱呼這裡為「被詛咒之島」。因為這裡不斷持續著激烈的戰爭，各地都存在著怪物猖獗橫行的魔境。

然而，經過這五十年間爆發的三場大戰——魔神戰爭、英雄戰爭以及邪神戰爭之後，羅德斯終於即將擺脫詛咒的束縛。

亞拉尼亞、卡農、弗雷姆、伐利斯、莫斯、瑪莫等六大王國締結互不侵犯之盟約，要是發生問題，就在國王齊聚的會議席上以討論的形式解決。

魔境也逐漸和棲息於該處的魔物們一起消滅。

原本是不毛大地的風與炎之沙漠取回水與大地的精靈力，雖然緩慢但確實逐漸綠化。

不歸之森的古代妖精族結界已經解開，現在可以自由進出。

眾人稱為「魔龍」而畏懼的火龍山之主被打倒，原本是魔龍狩獵場的肥沃草原得以進行大規模的開拓。

至於最大的魔境——暗黑之島瑪莫，即使還殘留著黑暗之力，依然以嚴格的法律逐漸推行統治。

已經沒有人稱呼這裡是被詛咒之島。

而且人們開始相信這樣的和平將永遠持續——

這一天，位於羅德斯中央的神聖王國伐利斯王宮，睽違數年集結各國國王舉辦會議。

舉辦的原因在於以瑪莫為舞台，名為「第二次邪神戰爭」或「真邪神戰爭」的激戰結束之後，失蹤許久的瑪莫國王史派克平安歸來。

會議上慶祝史派克國王歸來以及他與妮思王妃成婚，也正式承認瑪莫王國從弗雷姆王國獨立。

會議始終維持和睦的氣氛進行，六位國王高聲宣布將保障千年的和平。

這場會議本應在六王簽署這份共同宣言之後閉幕。

「這份誓約是真的嗎？」

然而突然響起這個聲音，一名老人從虛空中現身。

會議現場瞬間掀起一陣騷動。

「這位不是大賢者渥特老師嗎？」

說完起身走向老人的這名男性，是出席國王會議的「羅德斯之騎士」。

他的名字是潘恩。

在英雄戰爭與兩次邪神戰爭，他是最大功臣之一。以自由騎士的身分在六個王國都立下戰功，被羅德斯全島的人們譽為英雄。

這份功績使他獲頒「羅德斯之騎士」這個稱號，獲准出席國王會議。要是會議上的討論出現異議，他甚至也有權發言。只不過他至今只行使過這份權利一次。

平常總是只掛著溫和表情旁聽國王們的討論。

不過他的存在感強烈，國王們經常將視線投向他，想知道自己的發言被如何解釋。

潘恩將褐色頭髮剪短，鬍子也細心修整，身穿古代王國知名賦予魔法師打造的鎧甲。和鎧甲成套的劍，由正在其他房間待命的高等妖精族女性保管。

這名女性名為蒂德莉特。別名「永遠之少女」，另一個別名是「羅德斯騎士的永恆伴侶」。

「好久不見。」

潘恩站在老人面前，面帶笑容行禮。

「是你？回想起在我的塔裡第一次見面那時候，你年紀大了好多。」

渥特毫不客氣看著潘恩說。

「渥特老師看起來和當時一模一樣，真是太好了。」

潘恩維持笑容回應。

「哼……」

聽到潘恩這麼說，被稱為大賢者的老人不悅哼聲。

「即使表面看起來一樣，體內也愈來愈衰老了。我對長命百歲沒興趣，所以遲早會撒手人寰吧。」

「史雷因夫妻說隨時都能去照顧您喔。」

曾經被稱為北之賢者，也擔任過弗雷姆宮廷魔法師的「尋星者」史雷因，如今和妻子蕾莉雅一起住在瑪莫。女兒妮思已經成為瑪莫國王史派克的王妃。從「終焉」回歸之後，夫妻倆不只是參與瑪莫王國的國政，也致力於重建賢者之學院。

瑪莫昔日有一間黑之導師巴古納德的私塾，收藏許多從賢者學院搶來的書籍與魔法寶物。

史雷因經常拜訪渥特，也埋首研究這位大魔法師收藏的魔法書與寶物。看來他打算在渥特死後成為大賢者之塔的守護者隱居。

渥特以個性扭曲聞名，卻只對史雷因夫妻及他們的女兒妮思打開心房。有人對此感到詫異，但潘恩知道原因。

「我可不想被內心總是搖擺不定的人類照顧。有冰冷的隨從相伴就夠了。」

渥特再度哼聲。

「老先生，只有被允許的人能進入這個房間。我知道您被稱為大賢者，但終究是沒有主君的在野魔法師。請您立刻離開。」

亞拉尼亞國王羅貝斯氣憤地說。

「因為沒有主君，所以我不會聽任何人的命令。事情辦完我會立刻離開。最好別想硬是趕我走喔。」

渥特瞥向亞拉尼亞國王。

「你說什麼？」

羅貝斯臉色大變起身。

「大賢者閣下是在魔神戰爭打倒魔神王的英雄之一。我們也必須表示敬意才行。」

如今是羅德斯最大王國的弗雷姆國王卡修，開朗笑著安撫亞拉尼亞國王。

「既然卡修閣下這麼說……」

羅貝斯靜靜點頭之後坐下。

「我只是來送禮慶祝你們說的羅德斯千年和平。不過你們的誓約是真的嗎？」

「我們剛剛才這麼宣布。」

莫斯公王雷德立克朝渥特一笑。

大賢者的塔在莫斯境內，所以雷德立克數度在視察時順路拜訪。渥特雖然是難以相處的老人，但是只要找他商量國政問題，他總是毫不保留提供妙計。

「我也確實聽到了……」

潘恩附和說。

「如果六王之中有人毀約，我會以羅德斯騎士之名率先挺身而出。」

「要是你挺身而出，羅德斯的人民應該都會跟隨吧……」

渥特注視潘恩。

「不過，你註定終將一死。而且也沒有任何人能繼承『羅德斯之騎士』稱號吧？」

「是嗎？」

潘恩反問老人。

「這是一定的。以往沒有任何人立下你這樣的武勳卻不求財富或權力。你就是因此而獲得『羅德斯之騎士』這份榮譽。然而在和平的時代無法立下武勳，沒有武勳就不能自稱『羅德斯之騎士』。即使自稱也沒有任何人會認同。」

「若是持續和平下去，羅德斯之騎士就毫無用處吧。但是，如果戰亂的時代再度造訪這座島，羅德斯之騎士肯定會出現。」

潘恩如此斷言。

「但願你這段話能流傳到後世。」

「會流傳的……」

潘恩露出自信的笑容。

「因為我雖然命數已定，卻獲得了永恆。」

「原來如此……」

渥特點點頭。

「雖然不是不相信你這番話以及那個高等妖精族女孩，不過只有這次容我多管閒事吧。我年輕的時候懷抱一份野心，想讓某個年輕人統一羅德斯，而且想在統一的王國底下親手建立統治制度，實現千年的和平……」

渥特自言自語般輕聲說完，開始詠唱古代語的咒語。

場中再度出現緊張氣氛，但是沒人採取行動。

然後大賢者完成咒語，他的腳邊出現一個大箱子。

渥特說出古代語的暗語，打開箱蓋。

箱子裡收藏九頂頭冠。

「這叫做『誓約之寶冠』。是昔日古代王國統治這塊土地的時候，由當時的太守製作的。這些寶冠分發給那時候被稱為蠻族的羅德斯各部族統治者。據說是為了防止各部族起紛爭，此外也用來證明他們沒有攻打古代王國的意願。」

「這些寶冠擁有什麼樣的魔力？」

卡修以像是閒話家常的語氣問。

「戴上這頂寶冠的人會受到強力的限制，無法侵略其他戴冠者的國家。而且戴冠者要是遭受第三勢力的攻擊，可以向其他戴冠者發動同盟的制約。換句話說，你們與你們的子孫幾乎能永享安康。如果你們剛才的宣言發自內心，當然可以戴上這頂寶冠吧？」

「魔法之力是雙面刃。您應該最明白這一點吧？」

潘恩以嚴肅表情問。

「一點都沒錯，這頂寶冠正是雙面刃。因為這麼一來可以輕易保衛自己的國家，卻難以侵略其他國家。」

渥特回答之後，視線改為投向弗雷姆國王卡修。

「這不是很好嗎……」

卡修笑著起身，走向箱子，拿起其中一頂寶冠。

「如各位所知，將來能繼承我王位的王子在幾年前誕生了。不過我可能會在王子成年之前去世。但是只要我戴上這頂寶冠，再將寶冠轉讓給王子，這就會成為保護我王子的最強力量。請容我樂於戴上這頂寶冠。」

卡修如此宣布之後，如他所說將寶冠高舉在頭頂。

「卡修國王！」

瑪莫國王史派克起身，向昔日母國的弗雷姆王開口。

「什麼事？」

卡修維持這個姿勢反問。

「可以嗎？」

「大賢者閣下難得送這份厚禮，不收下的話很沒禮貌吧？」

史帕克問完，卡修笑著回應。

「或許吧，可是……」

確實，在高呼千年和平之後，這可以認定是最好的禮物。然而史派克內心某處無法接受。

「羅德斯被灰色之魔女詛咒長達五百年之久。這份詛咒害得羅德斯戰亂連綿不絕。但我聽說羅德斯也因此免於毀滅性的破局。大賢者閣下要贈送我們的寶冠，我認為恰好相反。這應該會成為抑制戰亂的力量，相對的，我覺得恐怕會招致破滅。我並不想肯定戰亂，更不是希望戰亂到來。但我認為六位國王應該也必須保留『戰爭』這個手段。如果以魔力封鎖這個手段，就不必為了迴避戰亂而努力。王國之間出現問題的時候，雙方或許就不會摸索妥協之道。討論恐怕會變成平行線而無法解決問題……」

史派克瞥向渥特，觀察他的表情。

然而大賢者不發一語，無從得知他的真意。

不必藉助魔法之力，羅德斯當前應該也很和平吧。因為長年戰亂使得各國疲弊，處於必須致力回復國力的狀況。

最大的王國弗雷姆也有數不盡的問題。之所以承認屬地瑪莫獨立，主要原因也在於沒有餘力繼續支援。

至於瑪莫王國，現狀是所有人都拚命工作才勉強得以自立，而且將來也無法預期狀況能夠改善。統治瑪莫就是這麼一回事。史帕克早已做好這份覺悟，而且打算世世代代傳下去。

（如果妮思在場該有多好……）

史派克不禁心想。

這次的會議要慶祝史帕克與妮思的回歸與結婚，同時也要慶祝瑪莫獨立，所以史帕克也帶了妮思過來。但她現在和蒂德莉特等人在另一個房間待命，而且也不能叫她過來。因為在這場會議上，只有六王與羅德斯之騎士潘恩擁有發言權。

妮思將渥特當成親爺爺仰慕，也會像是親孫女一樣說自己想說的話。如果是妮思，或許能正確理解渥特的意圖。

「這想法挺有趣的。」

卡修注視史派克。

「聽起來也是個危險的想法……」

被稱為神官王的埃特全心投入聖職工作之後，取而代之獲選為伐利斯國王的溫頓如此反駁。

「若是擁有名為戰爭的手段，大國將會展示武威，強行貫徹自己的主張。這麼一來，國家之間就無法建立對等關係。」

「瑪莫國王打算以武力治國喔。」

亞拉尼亞國王羅貝斯冷笑說。

「恕我直言，我打算以法律治理瑪莫。只不過，如果法律不能公平嚴格地執行就會失去權威。要是所有人都願意乖乖守法，應該就沒有任何問題。不過有人違抗的時候，想強制執法就需要武力。」

史派克面不改色回應亞拉尼亞國王。

「領主以武力統治人民，所有國家都是這麼做的。重點在於人民的生活多麼幸福……」

卡農國王雷歐納平淡發言。

「說起來，現在討論這種事情也沒用吧？要不要戴上大賢者閣下送給我們的寶冠？這個問題，我想交由卡修國王判斷。」

「我已經有答案了喔。」

卡修朝雷歐納一笑，緩緩將頭頂高舉的寶冠放到頭上，然後確實戴穩。

「既然卡修國王戴上寶冠，我們也只能照做了……」

羅貝斯立刻離席，拿起寶冠戴上。

其他國王也逐一跟著做。

「拿下這個東西，我們應該不會死掉吧？」

卡修詢問渥特。

「不必擔心這個問題。魔力在戴上寶冠的時候就已經發動，只要戴冠者沒死就永遠有效。然而要是觸犯禁忌或違反制約，強力的詛咒將會降臨。要不要將那頂寶冠傳給繼承人是你們的自由，不過如果新的國王拒絕戴上那頂寶冠，就可以說他表現出想要征服羅德斯的意志……」

渥特面無表情地說。

「我由衷向六位國王的英明決定表達敬意。將來我會將收藏的魔法物品與財寶贈送給各國。有魔法的武器裝備，也有協助統治的寶物。不過，正如羅德斯之騎士所說，光靠魔力無法維護千年的和平，必須將戰爭的愚蠢傳承到後世。這是懷抱著統一羅德斯的野心，卻因而失去所有重要事物的老人給各位的忠告……」

留下這段話之後，大賢者詠唱瞬間移動的咒語消失身影。

這一年的六王會議就此閉幕。

宣告千年的和平，應受天地祝福的這場會議，至今依然蔚為佳話──

第一章　瑪莫的繼承者

RECORD OF LODOSS WAR

1

從建國英雄王卡修算起是第四代的弗雷姆國王斯洛魯，如今奄奄一息。

第三代治世長久，所以他在位的期間約十年。但他從皇太子時代就致力於國政，是譽為名君的國王。

他在半年前罹患重病，戰神麥理教團最高祭司的治癒祈禱也傳達不到上天。國王也無法逃離死亡的命運。

斯洛魯國王有三名王子與兩名公主。兩名公主都嫁給弗雷姆的有力貴族。其中一名王子在兒時意外落馬喪命，皇太子狄艾斯現年三十五歲，二王子帕亞特二十三歲。

現在，兩名王子被叫到國王的病床邊。

「轉讓這東西的時機終於來臨了。」

斯洛魯說完，向長年擔任親信服侍的麥理教團宮廷祭司拉吉布使眼神。

拉吉布祭司點點頭，取出收藏在豪華箱子裡的寶冠。

這是一百年前，大賢者送給當時六王的誓約之寶冠。戴上這頂寶冠的國王，無法向其他戴冠者開戰。此外，要是有人挑起戰端，據說寶冠擁有強迫其他戴冠者結盟的魔力，不過這種魔力至今從來沒行使過。

「最好早點進行加冕儀式。據說我死後，寶冠將會發揮魔力。」

斯洛魯注視皇太子說。

祭司恭敬向狄艾斯獻出寶冠。

「父王……」

狄艾斯無視於祭司，以嚴肅表情注視國王。

「我不打算戴上這頂寶冠。」

「……這是什麼意思？」

斯洛魯稍微睜大雙眼。眼眸瞬間回復健壯時期的懾人光輝。

「父王肯定也知道。偉大的建國王卡修在戴上這頂寶冠之後，忍不住說『自己中計了』……」

「我當然知道。建國王從傭兵起家，成為弗雷姆之王。據說他懷抱統一羅德斯的野心。那位大賢者渥特贈送寶冠，肯定是要封鎖建國王的野心。但是沒人知道建國王戴上這頂寶冠的真正想法。我認為是因為建國王久戰而倦，想將和平的世代贈送給我們子孫。」

「我不這麼認為。建國王是被大賢者、其他國王以及羅德斯之騎士設局陷害，因此不得不收起野心。但如今憑著我國弗雷姆的國力，即使同時對付其他王國也足以戰勝。」

狄艾斯露出自信的笑容。

這份自信其來有自。昔日稱為火龍狩獵場的肥沃平原在逐步開墾之後，成為羅德斯最肥沃的耕地。

風與炎之沙漠也綠化，以各處出現的綠洲為中心，進行大規模的放牧。

以新型帆船進行的大陸貿易也是獨占事業。大陸在這百年來屬於紛爭時代，因此優秀的工匠與賢者，甚至是亡國的王公貴族們，都逃來羅德斯尋求和平。弗雷姆積極任用來自大陸的優秀人材，建立富裕的生活與文化。

弗雷姆如今包括海軍擁有七支軍團，總軍事力比其他各國軍隊加起來還要強大，裝備也勝過各國。

「依賴區區魔法寶冠維持國家安泰的國王們，我會悉數打倒給您看。」

「沒想到你居然在打這種主意。我一直沒看透……」

國王只將視線朝向皇太子，嘆氣這麼說。

要是預先看透，應該也能剝奪他的繼承權吧。但是臥病在床的他已經無能為力。

「你是怎麼想的？」

斯洛魯詢問王位繼承權第二順位的第三王子帕亞特。

「我跟隨父王至今，今後只會聽從哥哥的指示……」

帕亞特繃緊表情回應。

「也對，我的治世已經結束。今後是狄艾斯的時代。由你自己做決定吧。」

「請放心，父王在世的時候，我絕對不會開戰。我不希望寶冠的詛咒危害父王。」

狄艾斯說完恭敬行禮，離開病房。弟弟帕亞特也隨後跟上。

「要由屬下規勸太子嗎？」

拉吉布祭司對國王說。

他早就隱約知道皇太子的想法，卻沒告知臥病在床的國王。因為他希望國王安詳啟程前往喜悅的天堂。

「沒用的。無論是誰來忠告，他都不會改變想法……」

斯洛魯以沙啞的聲音說。

「何其愚笨。他好像確信勝券在握，但是戰鬥的對象不只是眾國王與那名騎士。那傢伙不知道真正恐怖的敵人是誰。」

五天後，第四代弗雷姆國王斯洛魯駕崩。

國內立刻舉行先王的葬禮與新王的即位典禮，卻拒絕他國使者參加典禮。而且新王選擇戴上的不是誓約之寶冠，是初代弗雷姆國王卡修最初所戴的簡樸王冠——

2

「借過！」

瑪莫亡國的王都溫帝斯街上響起叫喊聲。

然後十字路口出現一名少年，傾斜身體全速轉彎。

黑色短髮亂如鳥窩，身上的衣服骯髒，縫補的痕跡很顯眼。但是布料厚實，以瑪莫特產的染料染成鮮豔的色彩。腳上穿的是柔軟的皮製長靴。

少年巧妙鑽過行人之間奔跑。

這個地區靠近「歡喜之河」塞斯特的港口，羅德斯本島各國運來的商品就擺在路邊販售。價格比市場便宜，主要是給商人批購之後賣給近郊的村鎮。雖然也可以正常購買，但如果是零售，價格和大街上的市場一樣。

「站住！」

繼少年之後，五名男性粗魯吼叫現身。他們身穿瑪莫染料染成的全新衣物，連帽上衣的帽子壓低，兩側腰際掛著收在黑皮刀鞘的匕首。

行人一看見他們，就像是不想招惹般連忙靠到路邊。

「怎麼了？」

人們皺眉等待少年與男性們經過。

「剛才逃走的，是不是萊魯王子？」

看不見少年與男性們的身影之後，將亞拉尼亞產的蘋果裝箱擺攤販售的男性歪過腦袋。

「大概又闖了什麼禍吧。」

一名矮人晃動肩膀笑了。他在路邊鋪上弗雷姆編織的地毯，排列以腐銀(Kobold)畫上鮮豔繪畫的瓷器販售。

瑪莫王國第四王子萊魯是先前過世的先王——阿斯蘭的么子。經常上街閒晃，並且被捲入騷動。

相較於瑪莫王國建國之前，被稱為「暗影之街」的那時候，這座城市的治安如今良好許多，雖然這麼說，但街上依然充滿危險，而且萊魯身邊總是不帶護衛騎士或士兵，不是單獨一人就是只帶著一兩名隨從。

然而，這在這個國家絕對不稀奇。為了維持治安，王族與貴族都必須經常巡視領地。也可能因而受傷或喪命。因此瑪莫的王族與貴族大多生下許多後代。建國王史派克與王妃妮思就是如此，在生涯中養育十名兒女。

「借過！」

不久，同樣的聲音再度響起。

然後第四王子也再度現身。追他的男性們緊跟在後，距離縮短，人數也增加。

「看樣子怪怪的……」

蘋果小販歪過腦袋。

王子從他面前狂奔而過。

「抱歉！晚點我會收購！」

王子剛說完，就抓住堆在攤子上的蘋果箱，用力一拉。

「啊！」

小販大叫的瞬間，好幾個箱子倒地，紅色果實散落在路面。

追在王子後方不遠處的其中一人被絆倒。其他人也只能放慢速度。

王子趁機拐彎鑽進狹小的巷子。

「喂喂喂……」

蘋果小販愕然目送他離去。

「衛兵居然還沒來！」

萊魯一鑽進小巷就怒罵。

往巷子裡走沒多久，有一台像是擋路般放置的空板車。是人力拉運的小型板車，兩根棒子從傾斜的貨斗向前延伸，前端以橫桿連接。這根橫桿靠在地面，和車輪一起支撐板車。

要跳過去不難，但萊魯冒出一個點子。

他踩在板車橫桿，轉身向後。

追兵立刻出現，排成兩排接近過來。

「幹掉他！」

後方某人喊完，帶頭的兩人拔出匕首。

「沒有正當理由亮出武器，你違反史雷因法了。處罰是鞭刑三下！」

萊魯挑釁般這麼說。

「誰會被抓啊！」

「給我死吧！」

男性們架著匕首衝過來，同時大喊回嘴。

「嘿！」

萊魯抓準時機，一個後空翻高高往後跳。

他降落在板車後段。他的體重使得板車前段驟然往上彈，身體往前彎並且伸出武器

的帶頭兩人，被橫桿正中下顎。

「嗚啊！」

兩名男性哀號向後仰，倒地之後不再動彈。

後續的男性們連忙停下腳步。

萊魯趁機離開現場，繼續深入小巷，左彎右拐要走到剛才的大馬路。不只是這個區域，溫帝斯的道路他瞭若指掌。

然而一名男性現身，張開雙手擋住他的去路。不知道是預測萊魯的行動先繞到前頭，或是單純歪打正著。

萊魯看向後方確認，還有兩人正在追過來。

「你跑不掉了！」

正前方的男性像是誇耀勝利般揚起嘴角，抽出兩把匕首，身體前彎壓低擺出架式。

「既然這樣，我不跑就好！」

萊魯強勢回應，抽出腰間佩帶的短劍。

然後全力奔跑，和男性拉近距離。

原本以為會投擲匕首，但對方沒做出這種舉動。

大概要以兩把匕首戰鬥吧。只以一把短劍難以對抗。巷子窄到張開雙手就碰得到兩側建築物，沒辦法往側邊閃躲，而且要是花太多時間，會被來自後方的追兵夾擊。

（怎麼辦？）

無暇迷惘。

萊魯高舉短劍，右腳一蹬，以全力跳到空中。

對方預測短劍會往下劈，預先做準備。他挺直上半身，以左手匕首擺出防禦架式。是刀背呈現梳齒狀的特殊匕首。準備攻擊的右手匕首，刀鋒是波狀而且漆成黑色。

（果然是亞拉尼亞的盜賊吧。）

聽說在那個國家的盜賊公會，波刃匕首是公會成員的證明。

「喝啊！」

萊魯注入幹勁吆喝。他沒揮下短劍，而是以左腿踢向對方的臉。

大概是沒預測到這一招，以鐵片補強的長靴前端，重重打在男性的鼻梁。

男性頭部大幅向後仰，失去力氣從雙腿開始跪倒在地，兩把匕首也脫手。

著地的萊魯跳過男性，想要繼續前進。

然而，他的左腿在空中勾到某個物體。剛才踢倒的男性伸長手臂不讓萊魯逃走。

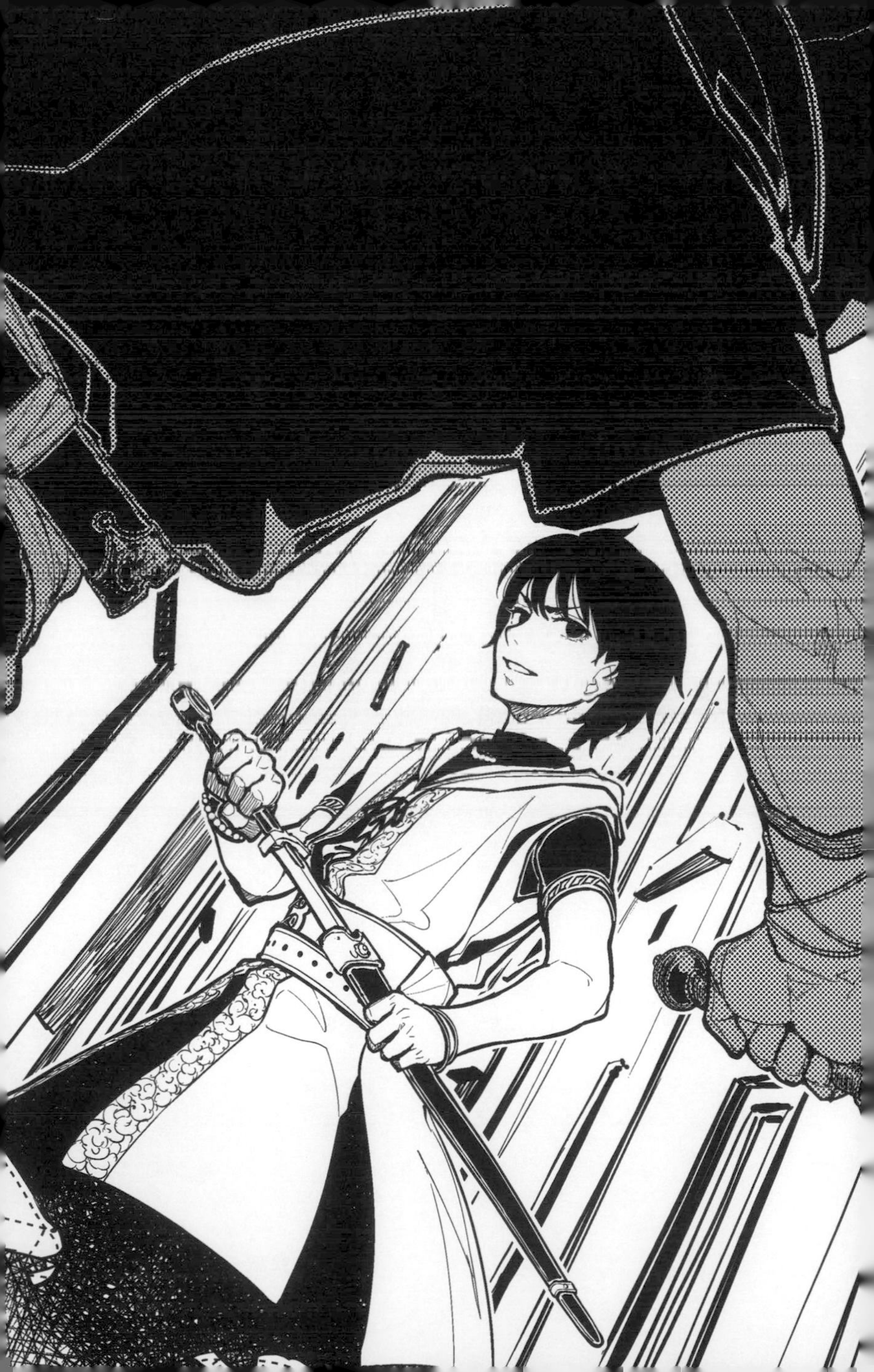

萊魯失去平衡，逐漸倒栽蔥落地。他在最後一刻做出防護動作，前滾翻之後起身。

「竟敢這麼亂來……」

男性按著臉想要站起來。

「你們才亂來吧！」

萊魯一記後踢，命中對方的後腦勺。

男性頓時往前彎，因為反作用力而向後倒地。這次他再也不能動了。

「死小鬼！」

不過在這個時候，後方的兩人進逼過來了。

即使現在拔腿就跑，好像也會被追上。萊魯起身之後架起短劍。如今只能一邊戰鬥一邊後退。

幸好路很窄，不必同時對付兩人。

不過——

「找到了！」

背後響起聲音。

萊魯視線瞥過去一看，巷口站著一名男性。

（不妙！）

萊魯終究開始慌張。

（輪到我了嗎？）

他在心中輕聲說出瑪莫王族或貴族覺悟一死時使用的話語。

就在這個時候……

「咕啊！」

巷口的男性在哀號的同時往前趴倒在地。他的背上插著一把匕首。

倒地男性的另一側，有個嬌小的人影。

「大哥！」

這個人影呼叫萊魯。

雖然是短髮，但瀏海長到可以遮住雙眼。脖子圍著一條紅布。身穿以一塊布縫製的短襬無袖灰色衣服，身軀以一條寬皮帶束起。腳上是過膝的布製長靴，數處以鞋帶固定。

「諾拉嗎？」

萊魯瞬間露出笑容。

「諾拉」是通稱，真正的名字是「諾兒拉」。年齡十二歲。是瑪莫盜賊公會所屬的盜賊見習生。

五年前，萊魯發現諾兒拉在街上偷竊之後逮捕。原本應該進行三下鞭刑，但諾兒拉當時還是孩子，萊魯覺得很可憐，就拜託父親將諾兒拉收為他的部下。現在交由盜賊公會進行訓練，希望能在將來成為密探效力。

原本以為諾兒拉是男生，但萊魯最近得知她其實是女生，真正的姓名也是那時候得知的。不過萊魯總覺得不好意思叫本名，所以現在依然叫她「諾拉」。

「大哥怎麼老是在同一個地方打轉啊！」

「我才要問，妳為什麼還在這裡？我剛才就叫妳回城通知哥哥們吧？」

萊魯一邊將注意力移回正前方的男性，一邊大聲問。

「因為我擔心大哥……」

「我在同樣的地方兜圈子跑，是要牽制以免他們逃走。因為他們已經在河岸準備船隻了。」

因此萊魯沒有完全甩掉追兵，不時挑釁或故意露出疲態，引誘他們進入這個區塊。

「既然這樣，你要說清楚啦！」

回應他的是快要哭出來的聲音。

「這種程度拜託自己猜啦！」

雖然覺得沒仔細說明是自己的錯，但是這樣下去會抓不到那些人。

而且新的追兵從巷子後方現身。應該有四到五人。

「不得已了……」

萊魯大幅揮動短劍逼退對方，然後一個轉身全力奔跑。

「大哥！」

諾兒拉出聲警告。

一聽到警告，萊魯就迅速屈身。一把匕首從頭上飛過去。匕首掉到諾兒拉腳邊附近，發出金屬聲響在地面彈跳。

「呀啊！」

諾兒拉連忙閃躲匕首。

「回到大馬路！」

和諾兒拉會合之後，萊魯這麼說。

「知……知道了！」

諾兒拉連忙點頭，先一步走到大馬路。

走到大馬路之後，萊魯不逃了。

「萊魯王子！究竟發生什麼事？那些人到底是誰？」

賣蘋果的男性搭話詢問。

散落在路面的蘋果已經回收，箱子貼著「已預約」的紙張。

「他們是亞拉尼亞盜賊公會的手下，私下買賣藥草院的藥。我以瑪莫王國之名，要求瑪莫的人民協助！」

萊魯大聲號召大馬路的露天小販與行人。

「要是用錯方式，良藥也會成為毒藥，所以除了藥草師，其他人不得使用。這就是瑪莫的法律！」

而且也是正義。萊魯在內心接著說。

追殺萊魯的那些人，私下買賣用來治療傷口或劇痛疾病的強力止痛藥。副作用是會出現幻覺症狀，聽說亞拉尼亞流行服用這種藥享樂。

據說可以賺取暴利，亞拉尼亞的盜賊公會會私下販售。當然是有瑪莫的藥草師將藥物流到黑市。

萊魯已經逮到交易現場，查出是哪個藥草師走私。只要那個藥草師落網，就難以取得藥物。所以亞拉尼亞的盜賊們即使得冒著多少風險也要收拾萊魯。

不久，男性們出現在大馬路上。被萊魯愚弄害得同伴傷亡，他們看起來氣到忘我，但是一來到大馬路，他們的表情就僵住了。

直到剛才看起來漠不關心的市民們，如今視線全部集中在他們身上，而且所有人都拿著武器。現在大約二十人，但人數一個接一個逐漸增加。

蘋果小販抽出短刀。

矮人族的瓷器工匠手握鎚子。

面對大馬路的建築物，好幾名婦女從窗戶探頭，以小型十字弓瞄準。

「犯法就成為罪犯……」

街上的人們紛紛這麼說。

亞拉尼亞的盜賊們，五官因為恐懼而扭曲。

他們架起匕首朝居民們恐嚇，卻沒有任何人畏縮。

「罪犯必須受罰……」

居民們洋溢真正的殺氣，開始縮小包圍網。

「這就是瑪莫的人民！」

萊魯挺胸說。

「如果想保命，就給我扔下武器！」

3

瑪莫王國的王城溫得雷司特，座落於首都溫帝斯幾乎正中央的位置。如同象徵這座島的黑白石砌建築物聳立，城堡周圍環繞護城河，水源引自塞斯特河。

城堡最初完工至今經過數百年，這段期間數度易主，進行重建或改修。成為瑪莫王國的王城之後，進一步進行擴建與整備，成為現在的樣貌。

城內複雜得像是迷宮，設置各種機關。地下是牢獄，許多罪犯成為階下囚。剛才在街上逮捕的亞拉尼亞盜賊公會一夥人以及外流藥物的藥草師，將會成為那裡的新居民吧。

後續工作交給城堡派來的禁衛騎士與士兵之後，萊魯在諾兒拉的伴隨之下回到王城。

諾兒拉拉著板車。堆在車上的不只是萊魯弄翻的蘋果箱，還有從參加逮捕的居民們那裡收購的各種商品。這些費用會從王國的預算支出，不過輕易就能想像負責財政的文官臉會多臭。每次萊魯在街上鬧出騷動，就會產生預算以外的支出，好像花了不少心力籌措款項。

「萊魯王子，歡迎回來。」

抵達城門，守衛士兵就向他打招呼。

聽到這個招呼聲，士兵長帶著四名士兵從崗哨現身。

「聽說這次您立功了。」

士兵長笑著說。

「還好啦……」

萊魯皺著眉點頭。城下町的騷動大概已經傳開了。恐怕是以笑話的形式。

「那台板車是什麼？」

士兵長問。

「蘋果跟各種東西。因為某些原因就收購了。幫我告知侍從長，請他找管道用掉。」

萊魯如此回答。麻煩的工作塞給別人最好。

「知道了……」

士兵長半苦笑點了點頭。

然後萊魯帶著諾兒拉進城。穿過種植薯芋的小庭園，走向王族居住的城館。

萊魯還沒被承認是成年人，身分是騎士見習生。在王國也沒有正式職位。若非必要就不會前往執行公務的區域。

「萊『盧』大人……」

萊魯一進入城館，柱子後方就出現小小的身影，以沙啞的聲音叫他。

是赤肌鬼（Goblin）。名字是阿古佐。在赤肌鬼之中是高階種族，體格比一般的赤肌鬼大一圈，智能也高。在七年前出生，兩年前成為萊魯的部下。身穿象徵瑪莫王國的黑白格紋服裝，戴著紅色帽子。皮製項圈附有連接鎖鏈用的金屬環。

在瑪莫王國，赤肌鬼的身分是奴隸。市民每人各養一隻，以避免數量增加。赤肌鬼一旦群聚就變得好戰，但是只有一隻的話就表現得膽小又聽話。為了防止逃亡，帶出門或是主人就寢的時候，一定都會繫上鎖鏈。不過阿古佐是高階種族，所以不用繫上鎖鏈。牠是妖魔兵團的隊長，戰鬥的時候負責率領市民飼養的赤肌鬼。

阿古佐想說些什麼，但是看起來很在意同行的諾兒拉。

「幹麼？」

諾兒拉露出不滿表情。

這兩個部下相處得不太好，似乎是在較量誰才是最佳隨從。

萊魯彎下腰，耳朵湊向阿古佐的臉。赤肌鬼獨特的體味以及稍微中和用的香料味道撲鼻而來。

「艾『盧』夏大人找您。」

阿古佐輕聲說。牠總是把「魯」念成「盧」。

「艾魯夏哥哥找我？」

萊魯也輕聲回應。

「要談重要的事情。」

阿古佐賣關子般說。只不過這傢伙有時候連雞毛蒜皮的小事都想當成大事。

「知道了，我立刻過去。」

萊魯點點頭。

艾魯夏是二哥，然而原本是皇太子的大哥庫里多因故放棄王位繼承權，所以艾魯夏現在處於皇太子的地位，而且父王阿斯蘭在一個月前駕崩。雖然還沒即位，但二哥艾魯夏實質上是瑪莫國王。

萊魯帶著諾兒拉與阿古佐，走在城館的走廊。

這條走廊掛著歷代王族以及對瑪莫王國建國有功的人物肖像畫。首先是弗雷姆建國王卡修的肖像畫、瑪莫公國時代的公王薩達姆、以「羅德斯之騎士」聞名的潘恩，再來是建國王史派克及其王妃妮思。

萊魯站在羅德斯之騎士的肖像畫前面，注視這張畫好一陣子。

「你都會停在這個人的前面耶。」

諾兒拉詫異地對他說。

「因為我尊敬他。這個人是獨一無二的騎士。為了守護羅德斯的和平與正義不斷戰鬥。」

萊魯第一次聽到羅德斯騎士的傳說，是大約在七年前，某位叔父第一次帶他去酒館那時候。

在喧囂之中，吟遊詩人唱著羅德斯騎士的武勳歌。詩歌是大長篇，所以連續唱了數晚的樣子。只不過當時也因為不勝酒力，所以萊魯很快就睡著了。但是詩歌片段神奇地縈繞在耳際，幾天後他向這位叔父詢問羅德斯騎士的事，得知就是這幅肖像畫的人物。

羅德斯之騎士從英雄戰爭到邪神戰爭，在羅德斯全土立下武勳。即使在瑪莫，也據說是從打倒前帝國到建立瑪莫王國的功臣。

建國王史派克與王妃妮思闖入終焉之門，不在這個世界的那段期間，聽說羅德斯之騎士是實質上的國王。不過建國王等人一回來，他就從正式的記錄抹除這段事實，離開瑪莫。

羅德斯騎士的意願獲得尊重，他曾經是瑪莫國王的事實，至今也沒有公諸於世。不過瑪莫王族口耳相傳這段歷史。

在那之後，萊魯就對羅德斯之騎士這號人物感興趣，試著調查他的傳說。雖然不知道真實程度，但是只能說多虧有他，才造就今天的羅德斯。而且他不要求任何回報，也沒成為國王或貴族。

萊魯之所以在王都巡邏，維護市區的治安，某方面來說也是模仿羅德斯之騎士年輕時代的生活方式。

「諾拉與阿古佐，到我的房間等我。」

走到自己房間前面時，萊魯對兩人說。

兩人轉頭相視，明顯露出抗拒表情。

萊魯不以為意，走到幾乎是城館最深處的皇太子房間。

敲門報上名字之後，立刻傳來回應。

進入房間一看，不只是二哥艾魯夏，三哥查伊德也在裡面。

兩人隔著圓桌相對而坐。表情僵硬。

萊魯默默坐在空位。

「弗雷姆國王斯洛魯陛下過世了。」

等待萊魯坐好之後，查伊德以沉重的聲音對他說。

差四歲的這位哥哥，身上是傳統沙漠之民的服裝。大波浪捲的黑色長髮包著頭巾固定，鬍子開始留長。眼睛是深藍色。穿著寬鬆的長衣，繫著細膩刺繡的腰帶。他坐在椅子上，和二哥面對面。

「弗雷姆的國王陛下？」

萊魯瞬間倒抽一口氣，然後嘆氣。

「雖然早就聽聞他臥病在床……」

「斯洛魯國王的葬禮與皇太子狄艾斯殿下的即位典禮，好像已經舉行完畢。」

查伊德接著說。

「那麼，要在弗雷姆舉行六王會議對吧？」

「沒這回事。」

萊魯像是自言自語般呢喃，但查伊德立刻否定。

「為什麼？新王即位之後，按照慣例不是要舉行六王會議祝賀嗎？」

「因為這是不受祝福的即位。聽說新王狄艾斯陛下戴上的不是誓約之寶冠，是弗雷姆建國王卡修陛下最初戴上的王冠。」

「你說什麼？」

萊魯嚇一跳，身體離開椅面。

「這……也就是說？」

他維持這個姿勢詢問查伊德。

「嗯，也就是他表現出以武力統合羅德斯的意願。」

查伊德滿不在乎地說。

「怎麼這樣……」

萊魯脫力般坐回椅子上。

百年前舉行的六王會議，讚頌著千年的和平。六國的歷代國王都遵守這個規範，國王們頭戴的誓約之寶冠保障這個規範。

「會開戰？」

萊魯愕然地問。

「應該會成為捲入羅德斯全土的大戰吧。我們瑪莫當然也無法置身事外。」

查伊德回答之後仰望上空。

萊魯跟著將視線移向天花板，但該處只有外露的泛黃灰泥，天花板完全沒有繪畫或裝飾。

「其實，弗雷姆派了密使來訪。」

沉默至今的二哥艾魯夏終於開口。

他身穿植物染料染色的寬鬆亞麻長衣。腳上是樹皮裁成細條編織而成的短靴。都是妖精族製作的。

褐色頭髮剪短，臉孔輪廓像是母親偏圓。某段時期嘗試留長鬍子卻不夠濃，所以現在刮得乾乾淨淨。平常總是雙眼半閉，嘴角洋溢笑容，但現在他雙眼睜大，嘴角也繃緊。

「密使？」

萊魯皺起眉頭。

「成為弗雷姆新王的狄艾斯大人親筆寫信交給密使，內容是要求我國侵略卡農。」

艾魯夏半嘆氣說完，將信封放在桌上。

拿起信封一看，背面鑲著刻印弗雷姆紋章的蜜蠟。雖然已經開封，但信紙謹慎收回信封。

不過，萊魯無心確認內文。

「瑪莫不是弗雷姆的屬國！撕毀和平盟約，居然還膽敢拉攏我們？」

萊魯憤怒大喊。

「我認為應該回應弗雷姆的要求。我剛才也是這麼建議哥哥。」

查伊德對萊魯說。

「為什麼？」

萊魯不高興地瞪回去。

「弗雷姆曾經是瑪莫的宗主國。這個國家的貴族大多有親戚住在弗雷姆。弗雷姆國王的弟弟帕亞特大人，不久前才和碧娜訂婚。」

碧娜是瑪莫王家的第三公主，大萊魯兩歲的姊姊。大約半年前和弗雷姆的第三王子帕亞特提親說媒，並且很快就定案，但因為兩國國王都病倒，所以婚禮延宕至今。

「看來破局了。碧娜姊姊好像很期待前往豐饒絢麗的弗雷姆就是了。」

萊魯壞心眼地笑了。他和好勝又喜歡花俏的碧娜處不好，每次見面都會吵架，所以內心挺痛快的。

「幸好碧娜的婚事談成了。只要和弗雷姆王家建立姻親關係，狄艾斯大人統一羅德斯本島之後，瑪莫王家的立場也會稍微改善。」

「還不確定弗雷姆會贏吧？」

「已經等於確定了。弗雷姆的國力與軍事力，如今比其他國家聯合起來還要強大。如果我國從背後襲擊卡農，勝利將更為穩固。要讓瑪莫王國存續，最好的方式就是站在弗雷姆那邊。」

查伊德流利地說。

「誓約之寶冠會發動魔力吧？伐利斯、莫斯、卡農、亞拉尼亞四國肯定會結盟。就算弗雷姆再強……」

「前提是結盟之後團結一致。」

查伊德雙手用力交握，伸向萊魯。

「我是這麼認為的。四國的狀況各有不同，不會好好整合。」

「所以不會團結嗎？」

查伊德放開交握的雙手，輕輕揮動手掌。

「明明要被侵略了還不團結？」

「英雄戰爭那時候，面對黑暗皇帝貝魯德的侵略，羅德斯各國團結了嗎？即使面對魔神或邪神這種人類共通的敵人，也遲遲沒建立起並肩作戰的態勢。」

「不過，羅德斯最後還是同心協力，而且獲得了勝利。不是嗎？」

「應該也有人認為，由弗雷姆統一羅德斯才叫做勝利吧。」

「可是，這樣不是正義！」

萊魯的聲音加重力道。

「所謂的正義，就像是用來將自身想法或行動正當化的咒語。」

查伊德冷淡地說。

「沒那種事！我認為不應該隨便把這兩個字掛在嘴邊，但是，正義是存在的。而且撕毀和平盟約的弗雷姆國王狄艾斯絕對不算正義。他和引發英雄戰爭的黑暗皇帝貝魯特一樣吧？」

萊魯動怒回嘴。

「討論是不是正義沒有意義。如今無法避免戰爭，而且我國必須應對現在的情勢。」

艾魯夏像是勸誡兩個弟弟般插嘴。

「艾魯夏哥哥的意見呢？」

萊魯轉身詢問二哥。

「我在猶豫……」

艾魯夏苦笑說。

「所以我才叫你們過來。我也找哥哥與姊姊討論過，但他們說要由我決定。」

「那當然，因為艾魯夏哥哥已經是國王了吧？但我可以理解您不想離開境界之森的離宮。」

萊魯笑嘻嘻的。

這位哥哥直到父親過世，都住在境界之森的瑪莫王家離宮。離宮的主人是號稱「建國王的好友」的半妖精莉芙，光之森的精靈族與闇之森的黑精靈族常駐在該處擔任「渡船人」。大概是因為這樣，所以艾魯夏親近妖精族的生活，小時候好像還說過要和莉芙結婚。

「我之所以沒有即位，是因為想讓哥哥回心轉意。」

艾魯夏嘆口氣。

「庫里多哥哥的話，不可能吧……」

長兄庫里多是第一王子，也是皇太子，但在父親死後立刻退回皇太子的地位，然後從王城出走，居然在暗黑神法拉利斯的神殿成為神官。

「只有這個國家承認法拉利斯的信仰。羅德斯本島各國不可能承認。說起來，庫里多哥哥不適合當國王。」

長兄從以前就自由奔放。完全不知道他在想什麼，加上他流浪成性，甚至鮮少看他出現在王城。那個哥哥也沒想過要成為國王。

當他宣布自己是法拉利斯的信徒，比起驚訝，認同的感覺更為強烈。

「必須由皇太子即位，這是這個國家的法則。」

萊魯知道，艾魯夏幾乎每天前往法拉利斯神殿說服長兄。但是信奉法拉利斯的長兄不可能聽得進去。法拉利斯的教義是篤信自由，順從自己的慾望行事。

「不適合繼承王位的人會被剝奪繼承權，這也是這個國家的法則啊……」

查伊德如此指摘艾魯夏。

「話是這麼說，但我認為哥哥沒即位是一種神諭。因為要是哥哥戴上誓約之寶冠，我們就只能站在聯盟那邊，不需要這樣討論。」

「這是哪個神的神諭啊……」

萊魯不屑般說。

「哪個神都好。所有事物都有流向。順流就容易成功，逆流會面臨苦難。」

「流向這種東西改變就好。如果不是這樣，這個國家根本不會存在吧？」

「……說得也是。」

查伊德短暫思考之後，同意萊魯的說法。

瑪莫王國的歷史真的是苦難連連，成立直到今天未曾安穩。正因為對抗、開拓命運才存續到現在。查伊德在兄弟之中學識最佳，所以應該非常清楚這一點。

「對於狄艾斯殿下的野心，我個人也感到不是滋味。住在和平的國家，就會不懂得和平有多麼珍貴吧。也可能他天生就是追求亂世的性格……」

查伊德自問般呢喃，思索片刻，然後輕聲說下去。

「我建議站在弗雷姆那邊，是想要保護某個東西。」

「你想保護什麼東西？」

艾魯夏探出上半身詢問。

「這座島的統治體制。」

查伊德靜靜回答。

「原來如此。」

艾魯夏深深點頭。

「這不是很正常嗎？」

萊魯覺得掃興。這種事用不著賣關子。

「查伊德想保護的是體制，不是由誰來統治。也就是說，我們王族滅亡也沒關係。」

艾魯夏像是教導般對萊魯說。

「既然這樣，那就明講啊！」

「這種程度的事要自己猜透。」

查伊德露出冷笑。

「就是因為哥哥這樣，所以連我講話都不清不楚了啦！」

想起剛才在市區被諾兒拉那麼說，萊魯出言抱怨。

「你是說什麼事？」

查伊德一臉疑惑。

「沒事！」

萊魯懶得說明，搖了搖頭。

「查伊德，你認為就算協助弗雷姆，這個國家的獨立也會不保？」

艾魯夏問完，查伊德以嚴肅表情點頭。

「懷抱野心的人物就是這麼回事。瑪莫會回復為弗雷姆的轄區，我們王族不知道會遭受何種處置。不過，瑪莫現在的體制，我認為就某種意義來說是奇蹟。由大賢者史雷因構思，建國王史派克及其王妃妮思建立，然後由歷代國王與這座黑暗之島的居民們維護至今。光與闇在這個國家共存，即使有點問題卻維持穩定。說來諷刺，祖先大賢者史雷因和他的伴侶——聖女蕾莉雅聯手消滅的『灰色之魔女』，她的理念在這個國家成真。」

查伊德恭敬地說。因為他認定這位二哥已經是國王。

關於灰色之魔女卡拉，由於經常在潘恩的傳說登場，所以萊魯也知道。

卡拉是古代王國的女性魔法師，將自己的意志封入額冠，據說是長年以詛咒束縛羅德斯的邪惡存在。她的目的是以動態形式維持世界的均衡。她的理念被視為是危險，是禁忌，但瑪莫的現狀正是如此。

「你的想法是迎接王弟帕亞特大人成為瑪莫公王，我們家系以臣下的立場維持這個國家的體制嗎？算是適當的妥協點。」

艾魯夏自言自語般呢喃。或許是為了讓萊魯理解才說出口。

（為什麼能猜透到這種程度啊！）

萊魯感到焦慮。如果只是缺乏學問或經驗就算了，但如果缺乏智慧就是一大問題。

查伊德沒做任何回答，表情也沒變。大概是因為這種話不該對國王說吧。

看來哥哥們的內心就像是完全相通。

（明知會被當成免洗工具卻還是協助弗雷姆，藉以達成真正的目的嗎？）

萊魯拚命運轉大腦，試著理解哥哥們共有的想法。

（很像查伊德哥哥的作風。）

萊魯玩任何遊戲都贏不了這位哥哥。某次他氣到詢問原因，得到的回答是「因為你是為了快樂而玩遊戲，但我是為了勝利而玩遊戲」。

萊魯自認努力求勝，老是敗北也一點都不快樂，不過在這位哥哥眼中就是如此吧。

「我想守護的是正義……」

萊魯垂頭這麼說。和父親責罵時一樣，在大腿上握緊拳頭。

「假設狄艾斯國王的弗雷姆統一羅德斯，百年之後肯定會被譽為統一羅德斯的英雄吧。不過，對於這個時代的人們來說，他只是征服者。發生戰爭會有許多人喪命，還有更多人不幸。這是一個男人的野心造成的。如果羅德斯之騎士潘恩現在還活著，我想他會選擇和狄艾斯國王戰鬥。」

萊魯知道哥哥們在看他，恐怕是傻眼覺得他在胡說八道吧，但他覺得只有這個想法一定要說出來，否則會後悔一輩子。

「如果羅德斯之騎士是正如傳說所述的人物，應該會這麼做吧……」

查伊德表示同意。

萊魯感到意外而抬起頭，看見哥哥在笑。艾魯夏也在點頭。

「反對狄艾斯國王並且戰鬥，這確實是正義的選擇。」

查伊德說完，重新面向艾魯夏。

萊魯也注視二哥。首先要看身為國王的這位哥哥如何決定，再決定自己要做什麼就好。

然後他大幅點頭一次，睜開雙眼。

艾魯夏閉上雙眼，沉默許久。

「我會戴上誓約之寶冠。」

艾魯夏交互看著萊魯與查伊德，靜靜地說。

萊魯與查伊德不禁轉頭相視。

「我不反對。不過，請告訴我原因。」

查伊德詢問艾魯夏。

「我以我的方式思考過，自己想守護什麼東西……」

艾魯夏以灑脫的表情回答。

二哥做決定會花比較多時間，但是一旦決定就不會更改。

「查伊德說想守護這個國家的體制，萊魯說想守護正義。我想守護的是這個國家的法律。在這個國家無關光與闇，也無關正義與邪惡，只把是否犯法視為唯一的問題。

法律會隨著時代改變，但是守法的精神從未改變，一直由這個國家的領主與人民守護至今。如果成為瑪莫國王的我站在撕毀盟約的狄艾斯殿下那邊，就會否定這一點。我成為國王之後，不能做出這個選擇。」

「但是如果這個國家滅亡，法律也會消滅啊？」

查伊德這麼說。應該不是反駁，而是確認吧。

「到時候只會連同建國至今的精神一起毀滅……」

艾魯夏溫和地笑。

「不過，正如查伊德的指摘，這個國家能維持統治簡直像是奇蹟。新的統治者肯定只能讓瑪莫王國的法律與體制復活，否則將會回到貝魯德帝國之前的無秩序狀態吧。」

「也就是說即使戰敗，王國暫時被占領，也只要逃進山野等待機會復興就好。哎，要是知道這個國家的現實，外來的傢伙很快就會逃走的。」

萊魯充滿氣勢這麼說。他單純為艾魯夏選擇和弗雷姆戰鬥感到開心。

「這或許將成為你的職責。王國滅亡的時候，我應該不在這個世上了。」

「既然這樣，打贏就好啊！」

「也對。既然選擇戰鬥，就只能打贏了……」

查伊德以嚴肅表情說。

「不過，我想和哥哥走不同的路。」

「什麼意思？」

萊魯嚇了一大跳。

「也就是說，接下來我將企圖向國王造反。」

「你說造反！」

萊魯頂開椅子起身。

「不過計畫曝光，我和碧娜一起逃亡到弗雷姆。雖然不知道狄艾斯殿下將怎麼處置我們，但我想以我的方式，守護我該守護的東西。」

查伊德平靜說下去。

「也就是說，會成為我們的敵人？」

「應該是這麼回事了。」

「不會吧？」

萊魯愕然注視查伊德。

雖然也因為查伊德而吃過不少苦頭，不過在哥哥們之中，查伊德最照顧萊魯。會陪萊魯玩遊戲或出遠門，有什麼疑問也都會回答。任何一項都好，想要贏過這位哥哥，這是萊魯的目標。

「可以的話，能不能讓狄艾斯大人改變主意？」

艾魯夏朝查伊德露出笑容，如同早就猜到他會這麼說。

「我盡力吧。」

查伊德嚴肅點點頭。

看來哥哥們刻意選擇不同的路，決定朝著各自的目標邁進。

（哪一條路比較辛苦呢？）

萊魯心不在焉這麼想。

「我的智慧與能力都比不上哥哥。不過如果有我能做的事，我什麼都肯做。」

萊魯看著艾魯夏說。

「那麼，希望你做一件事。」

不過，對他這麼說的是查伊德。

「查伊德哥哥，您已經是敵人了吧？」

萊魯鬧彆扭般說，甚至沒轉頭看他。

「現在還是自己人。而且，我希望瑪莫王國勝利。不過，如果狄艾斯殿下願意重用我，即使對手是哥哥或你，我也準備全力對付。」

「總之，聽你說吧。」

萊魯不情不願重新面向哥哥。

「可以幫忙找出永遠之少女嗎？」

查伊德探出上半身說。

「找蒂德莉特？為什麼？」

萊魯聽不懂查伊德的意圖，眨了眨眼睛。

「戰亂時代再度來臨的時候，羅德斯之騎士一定會出現。傳說就是這麼講的吧？」

「我當然知道。」

說到羅德斯之騎士，萊魯自認比這位博學的哥哥熟悉。

「若能拉攏永遠之少女，就等於羅德斯之騎士挺身而出吧？如你所說，可以顯示正義站在我們這裡。各同盟國的士氣將會大振，弗雷姆的騎士、士兵會對這場戰爭抱持疑問，更重要的是，知道羅德斯騎士傳說的民眾，可能會願意站出來。」

「原來如此……」

萊魯率直感到佩服。

「不過，哥哥居然會依賴傳說，不像是您的作風。」

萊魯很高興這位哥哥欣賞羅德斯之騎士，卻也同時感到不甘心，忍不住壞心眼說下去。

「只要能利用，不管是什麼東西都會利用，這是我的做法。而且老實說，我想不到別的策略。」

查伊德自虐般說完，重新坐回椅子上。

「……不，這個方案不差。」

聆聽兩人對話的艾魯夏思考片刻之後說。

「雖然不知道傳說擁有何種力量，不過試了也沒有損失。因為我剛好打算讓萊魯以使者身分遍訪聯盟各國。」

這份職責本來應該由查伊德完成吧，不過，既然已經決定和他分道揚鑣，就只能由萊魯來做。

「知道了，我立刻前往卡農。」

萊魯繃緊心情，身體一顫。

在卡農北方遼闊的不歸之森深處，和永遠之少女永遠過著幸福的生活。這是羅德斯騎士傳說的結尾。

（蒂德莉特肯定至今也在那裡。）

4

「要去找永遠之少女？」

第二公主伊莉莎看著萊魯，微粗的雙眉深鎖。

她在女性之中算高，比萊魯還高。武術優異，身為女性卻受封為騎士，也是負責在國王身邊戒護的禁衛騎士「黑龍隊」隊長。雖然是以公主身分獲得提拔，但是聽說她獲得所屬騎士近乎崇拜的信賴。現在不是值勤時間所以待在自己房間，但依然穿著漆黑的鱗甲（Scale mail）。

褐色頭髮剪短以免戴頭盔時礙事，臉完全沒上妝。但這位姊姊不曾被誤認是男性。

「這是為了戰勝弗雷姆。」

萊魯驕傲地說。

他和哥哥談完，立刻來到鄰近王位大廳的這個房間。

剛才的對話已經詳細告訴姊姊。

對於大戰開始，姊姊不是很驚訝。大約半年前，她陪同父親前往弗雷姆時，好像就感受到這種氣氛。弗雷姆變得強大之後，不只是貴族，甚至有不少人民引以為傲。她說應該就是這份傲氣培育出新王的野心。

「哎，既然是查伊德的想法，應該不會徒勞無功吧。」

伊莉莎自言自語般輕聲說完，要萊魯等她一下。

然後她去別的房間一趟，拿一把偏細的長劍回來。

「那是？」

「我剛成為騎士那時候用的東西。矮人族製作的，劍身是祕銀。雖然沒魔力，但是輕盈又耐用。」

伊莉莎一邊說明，一邊將長劍遞給萊魯。皮製劍鞘雕琢精緻的花紋，劍柄的裝飾也很漂亮。

「要送我？」

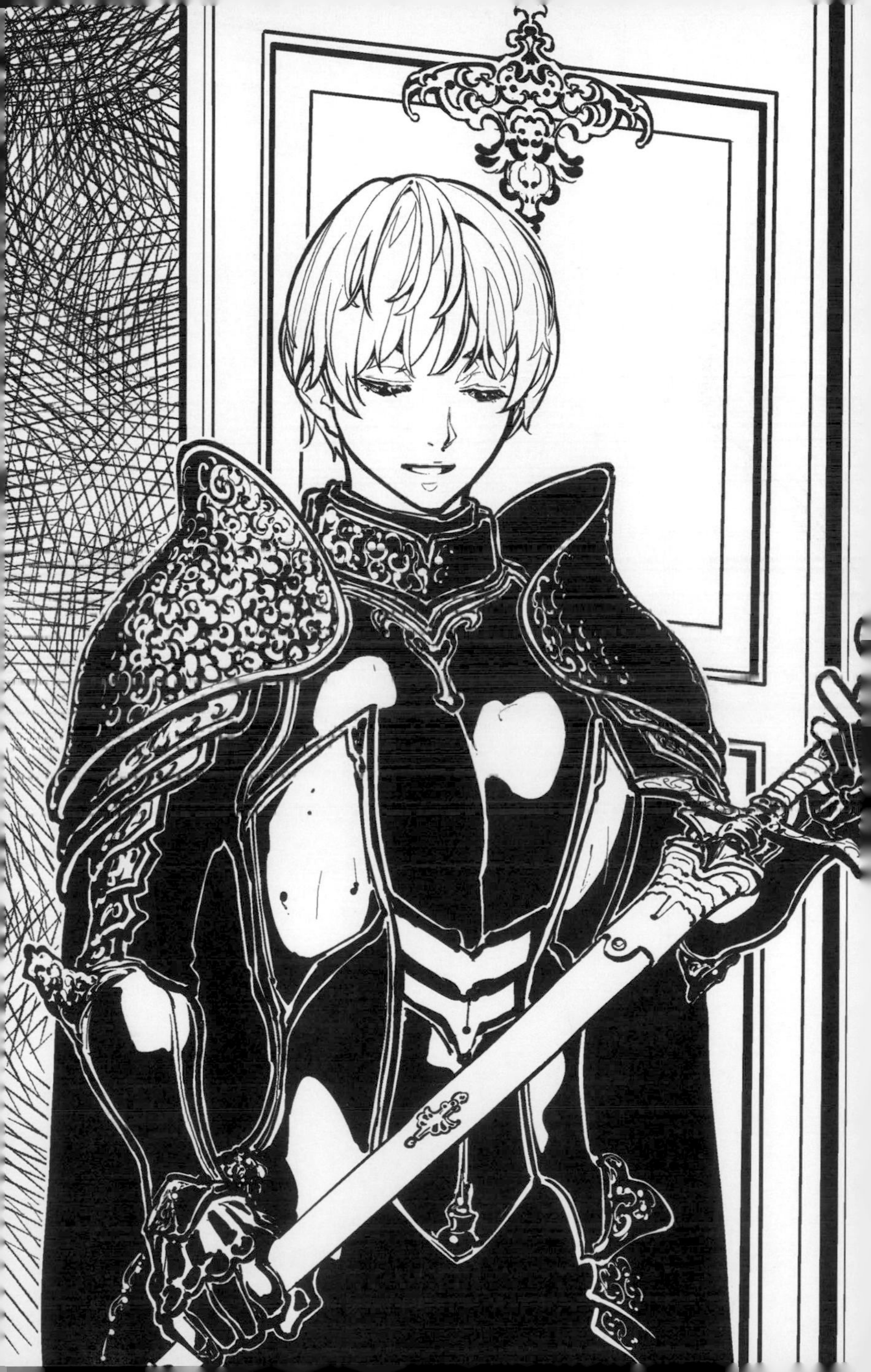

萊魯接過劍，注視姊姊。

伊莉莎笑著點頭。

「記得長劍的戰鬥方式吧？其實我想等你更加成長，再送你一把重一點的劍，不過現在的你拿這把應該比較好，肯定也適用你肩負的任務。」

萊魯的劍術主要是這位姊姊傳授的。

雖然力氣比不過男性，但她擅長活用靈敏的身手戰鬥。萊魯也還沒發育完全，所以父親判斷適合不穿鎧甲使用較輕的武器。

等到萊魯停止發育，肯定會穿上甲冑，學習揮動沉重武器的騎士戰法。

（沒想到戰爭在這之前就發生了。）

萊魯注視伊莉莎贈送的長劍心想。

「王子！」

此時房門開啟，一名男性現身。

是伊莉莎的丈夫哈雷庫。中等身高的寬骨架體格，身上穿著鎖子甲。混雜灰色的金髮剪短，方形臉孔像是沿著輪廓般蓄鬍。裸露的手臂劃著數條傷疤。

哈雷庫是從大陸渡海過來的傭兵，也是各種武術的高手。萊魯的父親在弗雷姆看見他按部就班耐心教導武術的樣子，延攬他來瑪莫擔任王家的武術老師。哥哥與姊姊們都向他學習武術，萊魯練武的時候，他也和姊姊一起指導。

雖然年齡相差到像是父女，但好像是姊姊堅持想結婚。哈雷庫原本因為年齡與身分的差異而堅定拒絕，但最後拗不過姊姊。

瑪莫王家在戀愛方面比較放任。不過，伊莉莎已經退回王位繼承權。

「看樣子，好像發生不得了的事情。」

哈雷庫對兩人說。

弗雷姆派密使前來的消息，在王宮內也只有極少數人知道。不過這位武術師父大概感覺到什麼不對勁吧。

「傳聞遲早會傳開吧……」

萊魯以此做為開場白，告知弗雷姆的新王沒戴上誓約之寶冠。

「這樣啊……」

哈雷庫以嚴肅表情點頭。

「當年在弗雷姆的時候，我遠遠看過一次，不過即使距離很遠，也從狄艾斯殿下身上感受強烈的霸氣。可惜這份霸氣轉變成野心表現出來了。」

「那是傲慢。」

萊魯不屑般說。

「在大陸，我在王子這樣的年紀就戰鬥至今。在戰場待久了，不只是身體受傷，內心傷得更重。我聽說羅德斯是和平之島才渡海前來，但我或許運了戰雲過來。」

哈雷庫視線落在舊傷，露出悔恨的表情。

「我原本想生個孩子，但現在可不能這麼做了。」

伊莉莎一臉正經對丈夫說。

「妳……妳在說什麼啊？」

平常總是穩重的哈雷庫明顯狼狽。

（一點都沒錯。）

萊魯覺得不自在。

兄弟姊妹之中，目前只有這位姊姊結婚。

同父異母的大姊羅莎在王城地下的大地母神瑪法神殿擔任祭司，宣稱這輩子奉獻給信仰。大哥庫里多備受女性青睞，但個性奔放的他完全不想結婚。艾魯夏還沒選定對象，查伊德與碧娜的婚事持續進展中，但將來不得而知。

至於萊魯自己，甚至還不清楚戀愛為何物。雖然有著相應年齡的慾望，卻連對象的樣子都無法想像。

萊魯輕輕搖頭切換心情，重新面向伊莉莎。

「其實，我來是想告訴姊姊一件事……」

萊魯換成鄭重的語氣說。

「什麼事？」

伊莉莎也像是在王座一旁待命般端正姿勢。

「艾魯夏國王有令，請率領禁衛騎士逮捕謀反人查伊德。」

萊魯儘可能讓聲音帶著威嚴。

「……遵命。」

片刻之後，伊莉莎恭敬行禮。

萊魯向姊姊回禮，然後吐出長長的一口氣。

他身為王子學習過宮廷禮儀，卻不太擅長。

「這也是查伊德的計策嗎？」

伊莉莎回復原本的語氣，疑惑詢問。

「那當然……」

萊魯離開艾魯夏的房間時，查伊德像是隨口補充般對他這麼說。

「好像是要讓弗雷姆密使與瑪莫人民相信他謀反。不過老實說，我覺得做得太過火了。」

萊魯皺起眉。

「不能對底下的騎士告知隱情對吧？不過如果是國王的命令，他們會全力執行任務啊？」

「查伊德哥哥說，要是告訴他們就麻煩了。他期待禁衛騎士們將他謀反的消息傳開。」

「哎，那個查伊德再怎麼樣都不可能逃亡失敗吧……」

伊莉莎輕聲說。

「如果不小心抓到他，讓他暫時到牢裡反省就好。只有一次也好，我想看看查伊德哥哥消沉的樣子。」

萊魯半正經地說。

可以的話，他希望查伊德永遠留在瑪莫。

5

大地母神瑪法的神殿，在王城溫得雷司特的地下深處。

昔日在城裡也有出入口，但是已經封鎖，如今是從王城附近建造的禮拜堂進出。

無數石灰岩柱像是支撐巨大空洞般聳立，神殿像是封閉空洞的牆壁般建立在深處。

在這座建築物的更深處，傳說是破壞女神卡蒂絲石化而成的巨大神像，半埋沒般橫躺在地面。

這裡昔日也是「終焉之門」。當這扇門開啟，終焉之巨人將會誕生，世界迎接末日來臨。而且這扇門實際開啟過。

不過，在巨人即將誕生時，瑪莫建國王的王妃妮思讓破壞女神的靈魂降臨在自己身上，消滅終焉之門。如今幾乎沒人知道這個真相。因為這個事實過於恐怖而被隱瞞。

這座瑪法神殿，是以「淨化破壞女神的邪惡聖地」為名義建造的。不過，至今這個地下空間依然洋溢著破壞女神的邪惡意志，現狀只是勉強將其封鎖。

瑪法神殿的祭司名為羅莎。她是瑪莫王國的第一公主。對於瑪法的信仰在兒時覺醒，從少女時代就在這座神殿修行。

人們說她的容貌和瑪莫建國王的王妃妮思一模一樣。而且基於某個隱情，相傳她是妮思投胎轉世。

「姊姊……」

羅莎聽到這聲呼喚轉身一看，身穿黑色長衣的男性站在後方。胸前以金線繡上暗黑神法拉利斯的紋章。

黑色捲髮留長及肩，垂下的瀏海遮住右眼。

是小她三歲，同父異母的弟弟庫里多。

「法拉利斯的神官有什麼事？」

羅莎對弟弟露出微笑。

「只是想見姊姊一面。我決定順從這個想法。」

庫里多在羅莎面前單腳跪地，牽起她的手一吻。這是如同臣下的態度。

「好像要開始戰爭了……」

羅莎讓弟弟起身之後說。

昨天，艾魯夏告知實情，找她討論該怎麼做。艾魯夏應該也去找過這個弟弟了。

「弟妹們好像已經開始行動。」

庫里多面不改色這麼說。

「嗯……」

羅莎點了點頭。

「艾魯夏決定繼位為王，明天好像就會進行簡略的加冕儀式。查伊德與碧娜離開瑪莫，正在前往弗雷姆的路上。伊莉莎身為禁衛騎士隊長，將會成為艾魯夏的支柱吧。然後萊魯也已經從王都出發，近期將渡海前往卡農。」

「真可靠。」

庫里多滿意點頭。

「但我有點擔心……」

弟妹們今後將走上何種命運？羅德斯島將何去何從？即使是羅莎也無法預測。

「姊姊您不是也要行動了嗎？」

庫里多說完，像是窺視羅莎的雙眼般看她。看來這不是詢問，是確認。

「我預定要前往塔巴的瑪法大神殿……」

羅莎靜靜點頭。

塔巴是位於千年王國亞拉尼亞北部的小鎮。

「為自衛而戰是自然的行為。大地母神的教義肯定有這條。請務必讓教團出動。」

「這必須由最高祭司大人決定。」

羅莎皺眉說。

「但我認為只要姊姊您想做，就沒有做不到的事啊？比方說您可以拯救世界，甚至反過來消滅世界。」

庫里多說完，轉身瞽向卡蒂絲的神像。

「說什麼傻話……」

羅莎嘆了口氣。

「傳聞姊姊您是曾祖母妮思投胎轉世，所以我不得不這麼認為。」

庫里多笑了。

「我只是因為在曾祖母過世的那天誕生，才會被人這麼說。容貌相似只是後代遺傳所賜。」

建國王的王妃妮思很長壽，一直活到九十歲，在第一個曾孫羅莎即將誕生時過世。

「不提這個，你有什麼打算？你想要什麼、想做什麼？」

「我一如往常做自己想做的事。所以，我希望姊姊准我陪您一起去。」

「去塔巴的大神殿？」

「因為我還沒去過……」

這個弟弟即使身為皇太子卻流浪成性，搭乘貿易船走遍羅德斯各地。先王阿斯蘭應該早就隱約察覺他的信仰吧，雖然沒真的剝奪皇太子地位，卻好像沒要他繼承王位。

「對法拉利斯的信徒說什麼都沒用吧？」

羅莎嘆了口氣。

「請把我當成忠實的隨從。只要是為了心愛的姊姊，我願意做任何事。」

6

據說瑪莫當年島上只有闇之森。

不過，在一百年前的上一場大戰，西側約三分之二的森林焚燬。妖精們從羅德斯島搬到這片焦土，開始培育光之森。然而闇之森也開始再生，出現光與闇之森林交錯的境界。

為了爭奪這片土地，妖精與黑妖精曾經爆發戰亂。為了平息紛爭，所以請司掌光與闇的兩位森之精靈王提供助力，以迷途之魔法封鎖此地。後來這片土地被稱為「境界之森」。

當時使用這個迷途魔法，後來在此處離宮落成之後入主的女性，如今就在萊魯面前。

她的名字是莉芙。

是繼承妖精與人類雙方血統的半妖精。雖然年齡超過百歲，但外表看起來頂多二十歲左右。

褐色頭髮留到及肩。聽說以前是黑的，後來髮色逐漸變淡。當事人主張總有一天會變成金髮。末端尖尖的長耳朵是妖精族的特徵，但是比起純妖精還是短了點。一雙大眼睛的眼角微微上揚，令人聯想到大山貓（Lynx）。瞳孔從正面看是黑色，但在某些角度看起來帶著紫色或綠色的光輝。身穿是袖子與衣襬都很長的妖精製服裝，腳穿高跟的靴子。

萊魯的曾祖父史派克在世時，她獲頒「國王的好友」這個稱號。曾祖父駕崩之後被稱為「境界之森的夫人」。無論是哪個稱號，都被允許和歷代的瑪莫國王對等來往。

「萊魯，歡迎回來！」

莉芙以輕盈的腳步接近，用力抱緊萊魯。

「我回來了！」

萊魯以笑容回應，摟住她嬌細的軀體。

「身高終於被你超過了。人類的孩子只要一陣子沒看見就長得好快，真氣人……」

莉芙離開萊魯，按著他的頭頂，然後輕聲說下去。

「我跟以前比起來不只長高，胸部也變大了。但我還在發育期，而且不能輸給潔妮雅。」

萊魯不知道莉芙是對誰說話，更不知道她說的「以前」是幾年前。至少就萊魯所知，她的外表看起來完全沒變過。

萊魯在這座離宮長大到十二歲。母親生下他的時候身體變差，在這座森林成立的王立魔獸園有一名女魔獸使成為他的養母。母親在半年後離世，所以萊魯沒有親生母親的記憶。

由於以迷途之魔法封鎖，因此能「獨自」進出境界之森的人，只有離宮的主人莉芙。

其他人要進出此處，都必須由別名「渡船人」的妖精與黑妖精兩人組帶路。妖精是名為賽爾提斯的男性，黑妖精是名為繆妮兒的女性。萊魯由這兩人帶來離宮。他們現在也在房外待命。

就某種意義來說，這座境界之森是最安全的場所。為了保護王家的血統，王位繼承人照慣例會有數人在這裡長大。

在兄弟之中，二哥艾魯夏與萊魯在這座離宮長大。兩人當然頻繁往來於森林與王都，所以和其他兄弟姊妹的關係不會變得微妙。

「那邊的女生是？」

在萊魯背後的諾兒拉看起來不太自在，莉芙向她招手並且詢問萊魯。

「您居然知道她是女生。」

萊魯嚇了一跳。

「看『氣』就知道了……」

諾兒拉有點猶豫地走過來，莉芙溫柔抱住她。

諾兒拉緊張到動彈不得。其實她很怕生。

「這孩子是盜賊？」

莉芙離開諾兒拉，轉身面向萊魯。

「她在公會接受密探訓練。已經可以獨當一面喔。」

萊魯手搭在諾兒拉的肩膀說。

諾兒拉害羞般臉紅，大概是聽萊魯說可以獨當一面很開心吧。

有諾兒拉陪伴會很方便，所以萊魯決定帶她一起走。阿古佐說自己也想跟，但是帶赤肌鬼到羅德斯本島會出問題，所以萊魯將阿古佐留在王城，托付給新即位的哥哥艾魯夏。

「昨天艾魯夏的使者來過，聽說戰爭要開始了？」

「弗雷姆的新王懷抱征服羅德斯的野心。」

萊魯不屑般說。

他對弗雷姆國王狄艾斯的憤怒與日俱增。

「又要死好多人了……」

莉芙輕聲說。

「不過就算輸了，世界也不會毀滅，光是這樣就算好了。」

「即使這麼說，也還是不能輸吧！」

萊魯如此回嘴。

「所以，我要渡海前往羅德斯本島，尋找永遠之少女。」

「找蒂德莉特姊姊？找她做什麼？」

莉芙稍微繃緊表情。

「請她反抗弗雷姆。因為如果羅德斯之騎士活著，肯定會這麼做。」

「哎，他的話應該會吧……」

莉芙立刻同意。

「不過，那個人已經不在了啊？」

「只要永遠之少女挺我們就夠了。這樣就可以明顯知道正義站在哪一邊。」

「或許吧，不過……」

莉芙歪過腦袋。

「即使弗雷姆國王統一羅德斯，我覺得人們也不會太頭痛。不過只有這個國家的狀況不一樣。法拉利斯的信徒與妖魔們或許會被殺光。」

「休想……」

萊魯咬緊牙關。

「瑪莫王國包容了他們，他們也遵守法律。這個國家因而勉強走到今天。查伊德哥哥不惜背負叛徒的汙名投靠弗雷姆，是為了在弗雷姆勝利之後，依然保護瑪莫現在的體制。」

「那孩子總是選擇扮演吃虧的角色耶……」

莉芙苦笑了。

「總之，艾魯夏與萊魯你也一樣辛苦。你們的曾祖父史派克歷經千辛萬苦才建立這個國家，這樣的苦難代代延續到現在。我一直希望至少在你們這一代能變得幸福。」

莉芙哀傷說完，再度緊抱萊魯。

「這種程度不算什麼，我反而期待得不得了。畢竟我第一次渡海前往羅德斯本島，而且說不定也能見到永遠之少女。更重要的是，我要粉碎弗雷姆國王的野心。」

萊魯像是要激勵莉芙般拍她的背。

「看來你來這座森林，並不是只來打招呼的。」

莉芙離開萊魯這麼問。

「嗯，我等等馬上要去魔獸園。因為從路線來看，這樣渡海比搭船快。」
萊魯得意地說。
「反正叫你別亂來也沒用，隨便你吧。」
莉芙說完，輕吻萊魯的額頭。
「妳也要協助萊魯喔。」
接著，她也吻了諾兒拉的額頭。
「我……我會努力。」
諾兒拉拚命擠出聲音。

7

走出莉芙的房間一看，兩名渡船人賽爾提斯與繆妮兒站在門外。
百年前導致妖精與黑妖精發生衝突的那場騷動，聽說就是他們造成的。雙方族長各自命令他們服侍莉芙做為懲罰。

原本期待他們成為妖精與黑妖精友好的象徵，可惜兩人至今依然交惡。不過會盡忠職守。

「要走了？」

賽爾提斯詢問萊魯。

「麻煩您了。」

萊魯行禮回應。

「好像要開戰了。妖精應該會保持中立，但我們黑妖精預定也會進攻羅德斯本島喔。」

繆妮兒以餘光牽制賽爾提斯，並且這麼說。

「如果我們保持中立，甚至希望你們感謝一下。要是弗雷姆國王肯幫忙驅除這座島的黑暗，我甚至想站在他那邊。」

賽爾提斯冷漠回應。

「艾魯夏哥哥打算只派遣騎士團到羅德斯本島。只是，如果弗雷姆軍登陸瑪莫，只能請黑暗勢力也一起戰鬥。我不希望妖精與矮人在那個時候成為敵人。」

萊魯交互看著兩名渡船人說。

賽爾提斯與繆妮兒在瞬間對看，各自默默點頭。

後來彼此甚至沒有交談，走出離宮大門，踏入森林。

賽爾提斯與繆妮兒立刻握住彼此的手。因為要是沒這麼做，他們也會被迷途之魔法吞噬。雖然看不出兩人的內心，但光看表情的話，他們面不改色。

萊魯也握住諾兒拉的手。在這裡，即使只是瞬間移開視線，也可能和同行者走散。大概是不安吧，諾兒拉用力握手回應。她肯定也聽過境界之森的傳聞。這個傳聞是瑪莫王國傳開的，藉此避免人們接近這裡。傳聞經過各種加油添醋傳遍民間。

離宮到魔獸園不會太遠，但是迷途之魔法使得時間知覺變得模糊，被迫誤以為一直在相同的場所打轉。

好想大喊往前跑。不過這麼做肯定會迷路。

諾兒拉手心冒汗變濕，看來在緊張。

完全不知道走了多久。不過回過神來一看，魔獸園的門就在眼前。是對開的鐵格門。支撐大門的兩根石柱前端亮著青白色的魔法光。

「切勿喚醒沉眠之魔獸。此處是禁忌之場所。不想成為俎上肉就速速離去。」

萊魯朝大門出聲這麼說。這是兼用為警語的暗號。

鐵格門有所反應，發出刺耳的聲音開啟。

門後是石磚路，深處看得見漆黑的建築物。

是王立魔獸園的中央塔。園內通路從中央塔呈網狀延伸，通往魔獸們棲息的場所。

從亞拉尼亞招聘的魔獸使艾蓮娜創立這座魔獸園，在這一百年擴建之後，如今由九名魔獸使管理將近二十隻的幻獸與魔獸。

魔獸園的存在本身不是祕密，不過只有瑪莫王國許可的人可以造訪這裡。以迷途之魔法封鎖，光與闇之精靈力交錯的這座森林，是最適合飼養危險魔獸的場所。

基於相同理由，魔獸園旁邊開設王立藥草園，栽培稀有的藥草與危險的藥草。

「我們在這裡等。」

走到中央塔的時候，繆妮兒對萊魯這麼說。

「回程不必帶路……」

萊魯搖了搖頭。

「柵欄內部沒有布設迷途之魔法，而且離開這裡的時候不會經過森林。」

「這樣啊。」

繆妮兒很乾脆地點頭。

「瑪莫的王子，期待下次見到你的那一天。」

賽爾提斯說著要求握手。

「謝謝。」

萊魯笑著握手回應。

然後兩名渡船人再度牽手，消失在迷途森林之中。

萊魯暫時目送兩人離去，然後打開中央塔的門。

設置在門上的警報魔法發動，像是門鈴的聲音叮噹作響。

鈴聲使得諾兒拉肩膀一顫。

「瑪莫王國第四王子萊魯，入內！」

等到警報停止，萊魯朝通路深處大喊。

他的聲音在通路迴盪，逐漸吸入深處。開門的時候內部是黑的，不過通路各處的魔法照明和警報同步點亮，照亮黑曜岩的塔壁與地面。

不久，傳來啪噠啪噠的腳步聲，通路深處出現人影。人影迅速接近，看來是全力跑過來的。

是一名年輕女孩。

「萊魯～～！」

女孩出聲高喊，大幅張開雙手。

「真是的……」

萊魯苦笑著踩穩雙腳，做好準備。

「萊魯！」

然後女孩正如字面所述撲到萊魯懷裡。萊魯穩穩抱住。

「荷莉朵『姊姊』，我回來了。」

「萊魯，歡迎回來！」

隨著這句開心的回應，嘴脣反覆按在萊魯臉頰。

荷莉朵是萊魯養母——魔獸使瑪紗的親生女兒。她比萊魯大半歲，對於出生沒多久就喪母的萊魯來說，瑪紗等於是母親，荷莉朵就像是姊姊。萊魯記得自己小時候無法分辨她和親哥哥親姊姊的差異而混亂。

荷莉朵將大波浪捲的金髮綁成馬尾，束在背後垂到腰際。藍色雙眸宛如沐浴在朝陽的湖面般閃亮，偏厚的雙脣抹上鮮豔的紅色。身穿嫩綠色的長衣，裸露的雙腿套上皮製涼鞋。體型成熟到不像是和萊魯同年，豐滿的胸部高高撐起長衣。

她從小就向母親學習魔獸使的祕術。雖然還是見習身分，但是素質很好，擔任母親的助手管理好幾隻魔獸。

「累了吧？洗澡水準備好了。要久違一起洗嗎？不介意的話，那邊的孩子也一起吧。」

荷莉朵以像是會咬到舌頭的速度說完，硬是拉起諾兒拉的手和她握手。

大概是懾於她的氣勢，諾兒拉就這麼呆呆張著嘴點頭。

「妳先冷靜……」

萊魯懷抱著駕馭馬兒轠繩的心情，雙手搭在荷莉朵的肩膀。

然後介紹諾兒拉。

諾兒拉像是將身體折成九十度般鞠躬。

「然後洗澡晚點再說。我想立刻見瑞斗一面。」

「知道了……」

荷莉朵惋惜般點頭。

「昨天，王都派使者過來，所以我立刻就叫醒牠了。」

「姊姊，謝謝妳。」

萊魯行禮致謝。

「不用謝。我是姊姊，願意為了萊魯做任何事。不過我好開心。」

荷莉朵有點興奮地說。

願意為弟弟做任何事的姊姊很少見，萊魯看過親姊姊們就知道這一點。大姊羅莎人很好，卻絕對不會寵萊魯。二姊伊莉莎只會教他武術。至於三姊碧娜則是把他當成僕人恣意使喚。

「快走吧。」

荷莉朵遲遲不肯動，所以萊魯像是催促般踏出腳步。

諾兒拉像是黏在萊魯背後般跟上。

沿著數度分岔的園內道路前進，終於在左手邊看見一面大玻璃窗。玻璃是矮人製作的，透明到驚人。

「咿！」

看向玻璃窗，腳與尾巴是蜥蜴的巨大公雞蜷縮在稻草床上。

諾兒拉發出短短的哀號。

「那傢伙是雞蛇獸（Cockatrice）。雞喙有石化的魔力……」

萊魯向諾兒拉說明。

住在離宮的時候，這裡是遊樂場，所以萊魯自認很熟悉魔獸。

「很可愛吧？雞冠又紅又氣派，尾巴長長的，而且鱗片是彩色。」

走在前面的荷莉朵轉過身來，得意洋洋地說。

諾兒拉點頭回應，但表情緊繃。

繼續沿著通路走，牛頭鬼（Minotaurus）、合成獸（Chimaera）等魔獸，在玻璃窗的另一側熟睡。

諾兒拉臉上逐漸失去血色。

雖說瑪莫棲息許多魔獸，但是只要待在溫帝斯市內，基本上不會遭遇。

因為魔獸們提防人類，鮮少出現在人類的聚落附近。不過要是人類誤闖魔獸棲息的場所，會造成不幸的結果。

魔獸園也進行魔獸相關的研究，但是據說依然盡是查不出所以然。因此最好的方法是讓魔獸沉睡。魔獸有進食的慾望，但是完全不吃東西也不會死。

「好啦，我們到了。」

萊魯轉身向錯愕的諾兒拉說。

她回過神來，白如紙的臉蛋回復血色。

砍伐森林之後，這裡成為面積約王城中庭大的廣場。細砂鋪成橢圓形的砂地，中央種植草皮。

這裡是「馬場」。

一頭半馬人（Centaurus）愉快在砂上奔跑。另一頭像是馬的生物被身穿長衣的女性牽著韁繩，在草皮上抬起前腳。

是馬鷲獸（Hippogriff）。前半身是鷲、後半身是馬的魔獸。

傳說這是獅鷲獸（Griffin）讓母馬生下的魔獸，為了驗證這個傳說，魔獸園使用捕獲的獅鷲獸嘗試交配。雖然數度失敗，但在十年前終於成功，這隻馬鷲獸就此誕生，是唯一在園內誕生的魔獸。

「瑞斗比克！」

萊魯大喊之後，以手指吹口哨。

馬鷲獸對這個聲音起反應，鷲頭轉向這裡。牽著魔獸韁繩的女性也同時轉過身來。

「瑪紗『媽媽』！」

萊魯全力跑到那名女性身邊。

然後和剛才的荷莉朵一樣撲到她懷裡。

「萊魯王子，好久不見。」

瑪紗穩穩抱住萊魯，以恭敬語氣回應。

她將萊魯當成親生兒子呵護，但確實遵守分際。應該是顧慮到萊魯已故的親生母親。她是萊魯母親的摯友，因為這份交情而成為養母。

「瑞斗也過得好嗎？」

萊魯離開瑪紗，仰望馬鷲獸。

鷲的部分是白色羽毛與紅色鳥喙，因此以下位古代語取了「瑞斗比克（Redpeak）」這個名字。

這頭魔獸剛出生，萊魯就堅持要自己養，獲得父親與魔獸園園長的許可。後來在瑪紗的監督之下，和荷莉朵一起照顧牠。

聽說要豢養野生的馬鷲獸非常困難。不過瑞斗比克是從幼獸養起，所以很黏萊魯。萊魯學會騎馬之後，也能以同樣的要領騎乘這頭魔獸。其實他覺得比普通的馬還好駕馭。

騎著瑞斗比克在天空翱翔痛快無比。

「我想借用這傢伙。」

萊魯撫摸馬鷲獸頸部的羽毛，轉身向瑪紗說。

「這孩子從出生的那一刻就屬於您喔。」

瑪紗笑著點頭。

「你要騎這孩子渡海前往羅德斯本島對吧？然後要尋找永遠的少女蒂德莉特。」

晚一步走過來的荷莉朵對萊魯說。

「妳為什麼知道？」

萊魯嚇了一跳。

連境界之森深處的莉芙，先前也不知道這件事。

尋找永遠之少女，是祕密交付給萊魯的任務，只限定少數人知道。雖然剛才告訴莉芙，但莉芙是瑪莫王國最重要的人物。

「我從王都使者那裡問到的。」

荷莉朵隨口說。她不斷逼問使者，想問出萊魯各種大小事的光景，彷彿浮現在眼前。

「就是這樣沒錯……」

萊魯尷尬點頭。

他不想讓兩人過於擔心，所以原本想隱瞞自己渡海前往羅德斯本島的計畫。

「我也會一起去。」

荷莉朵笑著說。

「咦咦？」

萊魯更吃驚了。

「因為，不能讓瑞斗出現在別人面前吧？萊魯忙其他事情的時候，我會幫忙照顧這孩子。」

「不，等我渡海到羅德斯，我預計立刻讓牠回去。」

瑞斗比克非常聰明。只要下令，牠可以獨自回到這座森林。

「你身為艾魯夏大人的使者，要走遍羅德斯各地對吧？用飛的比較快又穩。而且接下來那邊要開戰。」

看來哥哥的使者面對荷莉朵的追問，已經全盤招供。

「沒錯，所以很危險。」

「放心，我照顧這裡的魔獸們，已經習慣危險了。」

「確實是這樣沒錯啦……」

雖說以魔法支配使其入睡，但是一個不小心就會造成嚴重的事故。這一百年來，魔獸園有好幾人喪命。

「可是，戰爭的危險和魔獸們不一樣。不知道會發生什麼事。」

「所以，我要跟。因為我想幫你。」

荷莉朵說完，撫摸瑞斗比克的馬身。

大概因為生產的母馬是白馬，這頭馬鷲獸不只是前半身的羽毛，後半身的體毛也是白色，鳥喙的紅色相對顯眼。

「萊魯王子，請您也帶我女兒一起走吧。」

瑪紗微笑說。

「我女兒知道王子要去執行危險的任務，一直靜不下心。大概會擔心王子，沒心情做這裡的工作吧。這樣比較危險。我已經把我的獅鷲獸交給女兒照顧了。」

「要帶那傢伙出魔獸園？」

是讓母馬生下瑞斗比克的那隻獅鷲獸。在魔獸園裡堪稱是最強的魔獸。

「已經獲得園長的許可。」

瑪紗點頭回應。

「知道了啦……」

萊魯嘆了口氣。

雖然想了很多，但是只要有瑞斗比克，確實就能飛遍羅德斯全土。考慮到萊魯身負的使命，肯定會派上用場。

而且荷莉朵在身邊可靠得多。她是魔獸使，也是魔法師。可以自在使用初級魔法。

（羅德斯之騎士第一次啟程的時候，身邊也有同伴。）

萊魯在內心低語。

同伴之中有盜賊，也有魔法師。

（還有永遠之少女蒂德莉特……）

第二章　弗雷姆的進擊

RECORD OF LODOSS WAR

1

弗雷姆王國建國至今一百二十多年。

在六王國之中，歷史悠久的程度僅勝過瑪莫王國。建國英雄卡修是從亞列克拉斯特大陸渡海前來的戰士。號稱是大陸最強，別名「劍匠」。

當時分成兩支部族征戰的沙漠民族之中，卡修被風之部族接納，和對立的炎之部族戰鬥。他毫不保留將持有的龐大財產捐給風之部族，組織強力的傭兵隊，而且親自成為傭兵隊長，攻陷炎之部族的據點──綠洲城市赫文。

風之部族回報這份恩義，擁立卡修為王。因為他們征服了炎，所以國名使用「火焰」的古代語命名為弗雷姆，王都採用「劍刃」的古代語命名為布雷德。

王城亞庫羅德當初座落在王都中心區域，但因為城堡小，流經市區的「沙之河」查拉鄔水量增加，加上威脅西方的火龍修汀斯塔被討伐，所以現在連同市區遷徙到西方山丘。城堡巨大又壯麗，彷彿在誇示羅德斯最強大的國力。

在亞庫羅德的王位大廳，瑪莫王國第三王子查伊德恭敬地單腳跪在華麗刺繡的紅色地毯。小他兩歲的妹妹——第三公主碧娜一臉順服地在他身旁待命。

「也就是說，瑪莫王國拒絕我的邀請？」

弗雷姆的新王狄艾斯，就這麼從容坐在王位詢問。

他擁有犀利到像是能看透別人內心的目光，一眼就看得出氣力與體力都充沛無比。受封為希爾特公爵的王弟帕亞特、沙漠部族族長兼赫文侯爵札哈等弗雷姆的重鎮齊聚大廳。

查伊德經過城下的時候，看見身穿五顏六色外衣的士兵們來來往往，簡直是開戰前晚的氣氛。

「我勸說過成為新王的哥哥艾魯夏，但他不肯聽。我認為這樣下去國家會滅亡，想要討伐哥哥，可惜這份計畫洩漏，所以和妹妹碧娜從瑪莫出走前來。」

查伊德露出悔恨的表情報告。

「詳情我聽瑪莫派來的使者說了。不過據說在瑪莫王國四位王子之中，查伊德殿下是最優秀的一位？」

「不敢當。或許是我太急著進行計畫了。」

查伊德垂頭喪氣。

「所以，查伊德殿下有什麼要求？」

「希望陛下協助我成為瑪莫國王。」

查伊德抬起頭，稍微探出身子回答。

「聽起來，你的如意算盤打得太響亮了吧？」

「我很清楚。不過，我只能仰賴陛下的助力了……」

查伊德的頭低到像是要以額頭摩擦地板。視野一角映出碧娜投以像是看見怪東西的視線。

「二哥艾魯夏已經戴上誓約之寶冠，不過瑪莫國內不少人對此感到不滿。瑪莫原本是弗雷姆的屬地，瑪莫貴族大多出身於沙漠之民。」

查伊德繼續說到這裡，朝沙漠部族族長札哈投以求救的視線。

頭髮以布料包裹，精瘦的臉孔刻著深深的皺紋。下巴留著山羊鬍，側臉看起來像是弦月。在沙漠民族的傳統服裝外面加穿一件板金胸鎧。

沙漠之民昔日分成風之部族與炎之部族，但是這百年來已經在名義上統一。瑪莫的沙漠之民被視為分支的部族。

沙漠的部族重視血緣關係。瑪莫王家擁有炎之部族族長家的血統，瑪莫第二代國王的王妃出身於風之部族的族長家。查伊德的父親——第三代瑪莫國王阿斯蘭和札哈族長是表兄弟。

札哈族長允諾會溫暖迎接查伊德與碧娜，向國王建言以免兩人立場不利。

「雖說新王戴上誓約之寶冠，但瑪莫王國距離弗雷姆遙遠，國家也稱不上富裕。即使加入聯盟，當前也不會對我國造成威脅吧。只要征服亞拉尼亞與伐利斯，艾魯夏國王將會失去權威，瑪莫群臣應該會承認查伊德殿下為王。」

正如約定，札哈族長說出擁護查伊德的意見。

「昔日，瑪莫的黑暗皇帝貝魯德征服卡農，氣勢甚至要消滅伐利斯。你為什麼能斷言瑪莫王國沒有此等實力？」

狄艾斯看向札哈反問。

「在下從查伊德殿下那裡得到情報，騎士總數與軍艦數量，都不到我軍的十分之一。」

札哈得意回答。

查伊德告知的是瑪莫騎士團與海軍的正確總數。

「能夠動員遠征的大概一半吧。而且因為慢性缺乏糧食，如果不由同盟負擔補給，在長期戰會撐不下去。」

查伊德補充般說。

這也是正確的情報。他已經決定盡量不說謊。因為只要一個謊言被拆穿，他將完全無法獲得信任。

將弗雷姆使者捲入反叛計畫，在瑪莫發生的所有事件，查伊德已經讓使者親口報告。使者自己也面臨過生命危險，所以肯定不認為那場反叛是假的。

實際上，前來逮人的禁衛騎士隊是認真的。知道真相的姊姊伊莉莎大概在後方指揮，沒出現在騷動之中。

「哎，好吧。瑪莫騎士團無論精強還是脆弱，要是在戰場看到只要打倒就好。沒意見吧？」

狄艾斯重新面向查伊德，冷淡詢問。

「沒有……」

查伊德瞬間猶豫之後回答。

「不過，到時候如果我獲准站上那個戰場，我會和哥哥一對一決戰，並且打倒他。這麼一來，瑪莫騎士團肯定會立刻投降。」

查伊德並不是真心這麼希望。但是萬一演變成這種狀況，他會認真和哥哥交戰。而且如果是一對一，他基本上不會輸。

「務必請你這麼做。因為以沙漠之民的立場，我們再也不想和同族起摩擦了。」

札哈笑著點頭。

這一瞬間，狄艾斯以餘光瞥向族長。

這幅光景使得查伊德隱約覺得不對勁。

（狄艾斯國王或許不欣賞赫文侯爵。）

野心勃勃的國王經常這樣，大概是想成為絕對的統治者吧。沙漠之民在弗雷姆已經不是多數派，但是至今在有力貴族之中依然占大多數，對國王的發言權肯定也不弱。

（看來得慎重周旋了。）

查伊德告誡自己。

他不認為已經獲得弗雷姆國王的信賴，預計暫時接受札哈族長的庇護，慢慢融入這個國家。

「話說回來，碧娜公主……」

狄艾斯國王完全沒回應札哈的話語，突然向碧娜搭話。

「陛下，請問有什麼事？」

碧娜露出微笑，華麗行禮。

她也有倔強任性的一面，但是個性善於交際，在瑪莫宮廷受到所有人的喜愛。唯一的例外只有直接從她那裡受害的弟弟萊魯。

「公主為什麼來到弗雷姆？」

「咦？」

碧娜露出為難表情，看來弗雷姆國王的詢問出乎意料。

然後她將視線移向查伊德。

「說出妳的真心話。」

查伊德沒看向妹妹，以狄艾斯國王也聽得到的聲音建議。

碧娜點點頭，按著胸口調整呼吸，接著再度露出笑容。

「其實我不明就裡，就這麼被哥哥像是綁架一樣帶來這裡……」

碧娜開朗地說。

這番話令數人忍不住發笑。

但是狄艾斯表情完全沒變，繼續注視她。

「不過，我感謝哥哥。因為自從和帕亞特大人訂婚，我的心就一直在弗雷姆這裡。」

碧娜說完，朝弗雷姆王弟帕亞特投以熱情的視線。

她真的很期待這段婚姻。因為她被容貌優雅、個性溫柔的帕亞特吸引，也嚮往開放又豐饒的弗雷姆。

「原來如此……」

狄艾斯緩緩點頭。

他的臉上看起來掛著冰冷的笑容。

查伊德背脊發毛。

「碧娜公主，聽說妳是舞蹈名手？」

「我有學舞。但是比不上姊姊伊莉莎，所以稱不上名手……」

碧娜慎選言辭回答。

這裡說的舞蹈，是沙漠部族的傳統舞蹈。手持刀劍所跳的勇壯舞蹈。不只是女性，男性也可以跳。跳舞動作隱含各種意義，聽說從前也曾經以舞蹈求婚，以舞蹈回覆。

對於沙漠之民來說是神聖的舞蹈，但是跳舞時會穿著非常清涼的服裝，因而成為表演項目傳開。也有舞者兼職賣春，所以也會被當成低俗的舞蹈。

「伊莉莎公主的舞蹈確實精彩。感覺得到要將我們觀眾悉數砍倒的魄力。」

狄艾斯笑著說。

姊姊伊莉莎在碧娜現在這個年紀的時候，第一次訪問弗雷姆。當時被要求跳舞，她也跳了。姊姊那時候好像感受到某種意圖，因此表演像是挑戰周圍人們般的激烈舞蹈。

弗雷姆的人們對她的舞蹈讚不絕口，但因為魄力驚人，父親暗自想幫她談的婚事沒順利成功。姊姊從那時候就心儀武術師父哈雷庫，所以可說是正如計畫吧。

「碧娜公主的舞蹈，我也亟欲欣賞一下。」

狄艾斯說完，單手手肘撐在王位的扶手，手掌靠在下顎。

「請問是現在嗎？」

碧娜困惑詢問。

「請務必。」

狄艾斯點頭回應。

「遵命……」

碧娜露出微笑行禮。

「那麼方便借用刀劍與衣服嗎？我去換裝。」

「劍用這把……」

狄艾斯說完，朝王位旁邊待命的侍童使眼神。

侍童默默將腰際的小型曲刀連同刀鞘取下，交給碧娜。

「衣服呢？」

「抱歉沒準備。」

碧娜注視弗雷姆國王。

狄艾斯面不改色說。

「咦？」

碧娜僵住了。

她現在身穿宮廷用的禮服。

不同於宮廷式的舞蹈，沙漠之民的舞蹈動作較大，也要求身體的柔軟度，因此要以現在的服裝跳舞幾乎不可能。

（目的是什麼？）

查伊德猜不透弗雷姆國王的意圖。他想到幾個可能性，卻都沒有確切的證據。

（只能交給碧娜應付了。）

這個妹妹擅長正確解讀場中氣氛，把握要領隨機應變。

碧娜像是下定決心，就這麼讓曲刀收在刀鞘，像是進貢般以雙手捧著，慢慢高舉到頭上，然後一口氣抽出曲刀，扔掉刀鞘。

刀鞘扔向帕亞特。

原本掛著不安表情的弗雷姆王弟，反射性地抓住這根刀鞘。雖然看起來斯文，卻明顯是學過武術的動作。

場中甚至沒有音樂，碧娜就這麼起舞。在跳舞的同時，手上的刀逐漸割破身穿的禮服。動作很自然，甚至令人以為就是這樣的舞蹈。

隨著身體變得輕盈，她的動作逐漸明顯又激烈。但是不同於姊姊伊莉莎，碧娜的舞蹈隱約帶著嫵媚，要是在酒館跳舞，想必會成為當紅舞女吧。

進入後半，隨著舞蹈漸入佳境，碧娜將礙事的衣服砍得稀爛，粗魯扯掉。現在她幾乎只穿內衣，卻完全沒放在心上。臉上甚至露出喜悅的表情，看起來純粹享受著這場舞蹈。

（了不起的膽量。）

查伊德深感佩服。

然後，碧娜漂亮跳完整首舞曲，朝弗雷姆國王恭敬行禮。

查伊德脫下身上的披風，沒將視線朝向妹妹就遞給她。

「謝謝哥哥。」

碧娜一邊喘氣，一邊以披風包裹身體。

「真是精彩……」

狄艾斯緩緩鼓掌。

「不過，居然面不改色以那副模樣在眾人面前跳舞，實在不像是一國的公主。」

國王的發言使得大廳一陣譁然。

是國王自己逼她以這副模樣跳舞。聽起來像是明知故犯的羞辱。

（如果目的是侮辱我們，這邊也只能有所覺悟了。）

碧娜在披風底下還握著劍。不是忘記歸還，她也有這個打算。

「哥哥！」

大概是終究忍不住了，帕亞特向前一步。

這名王弟想說些什麼，但是被狄艾斯一瞥就不再開口。

「瑪莫王國和我們弗雷姆敵對了。我不能承認那位公主是你的正妃。不過，如果你要將流浪的舞女收為侍女或妾妃，那是你的自由。」

狄艾斯看著弟弟平淡地說。

（也就是好心對我們讓步嗎……）

弗雷姆國王恐怕想要取消弟弟與碧娜的婚事。雖說已經訂婚，但這是敵對之前的事，在現今的狀況沒有政略價值。

雖然不能承認是正妃，但如果喜歡的話就隨便你們在一起。大概是這個意思吧。

（而且，這也是對我的答覆吧。）

要忘記自己曾經是瑪莫王子，以自身能力展現現在的身分——查伊德如此解釋狄艾斯的用意並且接受。

（看來不是只有自信過剩的男人。）

即使這位國王征服羅德斯，也會在短期內平息混亂吧。或許羅德斯將會統一，真正

的和平在這次確實會維持千年。

查伊德認為這位君主值得服侍。

「碧娜，妳忘記還劍了。」

查伊德對妹妹說。

「啊！」

碧娜假裝慌張，從披風取出劍，交給查伊德。

查伊德從妹妹那裡接過刀，將刀尖轉向自己，然後遞向狄艾斯，深深行禮。

「不好意思，你拿過來吧。」

狄艾斯對他說。

「是！」

查伊德就這麼將曲刀伸向前方，壓低姿勢走向王位。

狄艾斯接過劍，像是確認刀刃狀況般檢視兩面。

「反叛是假的吧？」

狄艾斯輕聲說，將刀刃移向查伊德的脖子。

看起來像是要砍下他的腦袋，也像是要冊封他為騎士。恐怕是同時蘊含這兩種意圖吧。

最後會是哪一種，端看查伊德的回答。

「我決定要效忠陛下而來到這個國家。我相信這也是為了我的祖國著想。」

查伊德抬起頭，筆直注視狄艾斯。

「好吧……」

狄艾斯點點頭，然後將刀還給侍童。

「辛苦你了。」

然後，弗雷姆國王以響遍大廳的音量這麼說。

「是！」

查伊德行禮之後，退回原來的位置。

「那麼，瑪莫王國確定是敵人，羅德斯其他五國都成為我們弗雷姆要戰鬥的對手。

接下來召開軍事會議吧……」

狄艾斯環視群臣，鄭重宣布。

「建國王卡修的心願，由我們在這個時代實現！」

2

晉見弗雷姆國王狄艾斯之後，查伊德和妹妹碧娜一起回到弗雷姆王城內為他們準備的客房。

在王位大廳，正在進行統一羅德斯的軍事會議。

明明要和五國交戰，卻絲毫感覺不到弗雷姆群臣有任何不安。雖然不是所有人贊成這場征服戰爭，但應該都深信自己的國家會獲勝吧。

（因為我自己也這麼認為。）

查伊德是以弗雷姆勝利為前提，進行本次的行動。

查伊德感覺疲憊不堪。畢竟這是一場漫長的旅程，承受狄艾斯國王發出的壓力或許也耗損他的精力。

他深深坐在長椅，以右手蓋住臉。

此時，他感覺到在隔壁房間換好衣服的妹妹回來了。

「我做了對不起妳的事……」

查伊德就這麼掩面對碧娜說。

「沒好好說明隱情就帶妳離開瑪莫，讓妳一起來到弗雷姆就算了，然而不只是婚事在形式上告吹，還讓妳在眾人面前做出丟臉的事情。」

「雖然嚇了一跳，但我沒事的……」

碧娜的聲音意外開朗。

查伊德移開手，看向妹妹。

碧娜掛著像是對弟弟萊魯打鬼主意時的表情。

「反正跳舞時的正式服裝也像是沒穿。」

妹妹看起來真的不以為意，查伊德感覺獲得救贖。

「雖說札哈族長願意庇護，但是在這個國家，我們不是王子與公主。今後或許會被人瞧不起或是羞辱。」

「這我已經有所覺悟……」

碧娜若無其事點頭。

「但我只在意帕亞特大人的想法。」

「妳將刀鞘扔向殿下的意圖，我覺得是希望他好好看妳表演。是嗎？」

「嗯，一點都沒錯……」

碧娜妖豔微笑。

她身材偏瘦，臉蛋與體型還留點稚氣。但是行為舉止與表情令人覺得莫名嬌豔。

「在別人面前露出那副模樣，我有點擔心可能會被瞧不起。但是……」

碧娜說到這裡，像是撫摸般讓手指滑過自己的腰線。

「也有男人會在這種狀況勾起慾火。」

查伊德也是男人，所以能理解妹妹在說什麼。但她是在哪裡學到男人的這種天性？

查伊德覺得不可思議。

「當時我一邊跳舞，一邊以視線問帕亞特大人。問他覺得我怎麼樣，想不想得到我。」

碧娜以恍惚的表情說。

聽起來歷歷在目，所以也不方便回話。

碧娜剛才應該是一邊跳舞，一邊勾引王弟帕亞特吧。而且她感覺這個做法有效。

就在這個時候。

客房響起敲門聲。

「請問是哪位？」

碧娜轉過身，對著門外詢問。

「我是帕亞特。」

傳來這句回應。

（應該還在開軍事會議吧……）

查伊德感到驚訝。

「哥哥，我『出門』了。」

碧娜對查伊德說。

她臉上掛著誇耀勝利般的笑容，彷彿早就猜到帕亞特的來訪。

碧娜開門迎接帕亞特。

兩人隔著門簡短交談，然後一起離開。

房門關閉，查伊德獨自留在房內。

（儘管是我妹妹，但她真可怕……）

不過，在沒有王國當後盾的現在，碧娜能依靠的只有自己的魅力。而且看來她十分清楚該如何使用。

（帶碧娜過來是對的。）

她將會擄獲帕亞特的心，在宮廷也能巧妙應對吧。說到外交能力，她或許遠勝過查伊德。

（我就不慌不忙，等待時機成熟吧。）

查伊德在長椅橫躺。

然後沒對抗來襲的睡魔，就這麼落入夢鄉。

3

「真是勇猛……」

弗雷姆王城亞庫羅德的中庭，身穿鎧甲的騎士們排列得井然有序。查伊德看著這幅光景暗自嘆息。

光是騎士人數就超過五千。全軍應該是將近十萬的大軍吧。

弗雷姆軍由七個軍團組成。

首先是國王狄艾斯親自率領的第一軍。

王弟希爾特公爵帕亞特指揮的第二軍。

沙漠之民的族長，綠洲城市赫文侯爵札哈的第三軍。

羅德斯中部城塞都市樓蘭公爵柯拉特率領的第四軍。

港灣都市萊丁侯爵連司的第五軍。

開拓民城市多利姆伯爵拉魯瑟指揮的第六軍。

再加上巴洛卡提督所率領，擁有兩百艘軍艦的海軍。

除了這七大軍團，弗雷姆軍還另組傭兵隊。建國王卡修昔日別名「傭兵王」，弗雷姆這一百年來也維持這支傭兵隊至今。規模大約一千人，卻是擅長各種技能的精銳部隊。

每當魔物出現，發生天災需要維持治安，或是發生反叛等事件時，傭兵隊總是率先出動，可以說是這百年來唯一具備實戰經驗的部隊。

查伊德自願加入這支傭兵隊。因為這裡不問出身，只要求實力。

將來當然會前往最前線，但是不冒危險就無法立下功勳，沒功勳就得不到發言的份量。大戰之後如果能成為瑪莫領主最好，即使沒有也要成為輔佐的立場，繼承瑪莫王國的統治，這就是查伊德期望的勝利。

就在這個時候，弗雷姆的騎士們舉起拳頭，高聲歡呼。

弗雷姆國王狄艾斯來到眺望中庭的露臺了。他身穿鎧甲，看起來是比較輕便的裝備。

（那是弗雷姆建國王卡修穿過的鎧甲嗎？）

他在瑪莫王城展示的卡修肖像畫看過。

狄艾斯國王的容貌，原本就有昔日英雄王的影子。髮型與鬍鬚或許是刻意模仿的。

騎士們開始連呼國王之名。

狄艾斯從容環視騎士們，舉起單手回應歡呼。

就像是以此為暗號，騎士們瞬間安靜。

「一百年前的六王會議，發生了一件事……」

然後，狄艾斯高舉單手，開始演講。

「一名老魔法師將魔法寶物『誓約之寶冠』帶進會議。這是避免六王對彼此懷抱敵意，或是在六王之中有任何人敵對時，藉此強迫其他國王結盟。而且他要求六王戴上那頂寶冠。剛宣布和平的會議席上，不可能拒絕這個要求。以我們的祖先卡修為首，六王都戴上寶冠……」

羅德斯的人民都知道這段史實。這一天定為千年和平獲得保障的節日，各地都舉行慶典。

「不過，這是謀略。如今無從得知是誰在搞鬼。只不過，這很明顯是要陷害某人。誓約之寶冠被帶進會議，是為了束縛遲早成為泱泱大國的我國弗雷姆……」

狄艾斯高舉的手就這麼握緊。

（也有這種陰謀論啊……）

查伊德暗自苦笑。

（據說卡修國王要戴上誓約之寶冠的時候，我的曾祖父史派克曾經勸他三思……）

相傳羅德斯之騎士潘恩也反對。另外四王好像是交給卡修國王判斷。

「後來的一百年，羅德斯一直維持和平。不過，和平是什麼？是沒有戰爭嗎？我不這麼認為。這一百年來，我們弗雷姆變得豐饒，生活在這個國家，任何人應該都感到驕傲吧。然而，其他國家不是這樣。亞拉尼亞領主沉溺於奢華而頹廢；卡農國王沒得到貴族們的信賴與認同，甚至無法好好治國；伐利斯的人民被王國與法利斯教團重複徵稅，只能過著貧窮的日子；莫斯為了爭奪公王寶座，依然處於分裂狀態。而且瑪莫著迷於黑暗，染上邪惡……」

狄艾斯繼續說。

瑪莫王國染上邪惡的傳聞，從一百年前流傳至今未曾改變。瑪莫包容妖魔與暗黑神法拉利斯教團，所以查伊德沒要否定。不過，瑪莫即使包含黑暗，依然勉強維護法律與秩序至今，至少不曾危害羅德斯本島。

（我不要求讚賞，但至少希望你們知道實情。）

瑪莫國王經常訪問弗雷姆。

不過除了卡修，後來都沒有弗雷姆國王來過瑪莫。別國也一樣。六王會議也不曾在瑪莫召開。

「我實在不認為現在的羅德斯是和平的。為什麼變成這樣？因為誓約之寶冠使得六王的地位變得安泰。各國歷代國王情願處於寶冠魔力保障的無戰世代，然後怠於內政，疏於外交。一百年前，羅德斯六國確實處於同盟關係。但是現在不一樣。各處都有紛爭的火種，只是沒爆發武力戰鬥。舉不歸之森為例。古代妖精離開，詛咒解除的瞬間，亞拉尼亞與卡農兩國各自開始主張這座森林是自己的領土。此外，風與炎之沙漠剛開始綠化，亞拉尼亞就在東側著手開墾……」

狄艾斯露出憤怒表情，用力揮拳。

「我決定要摧毀這種虛假的和平。戴上誓約之寶冠的國王，我要悉數討伐，然後統一羅德斯。我國的繁榮遍及這座島的每個角落，才得以實現真正的和平。而且在不遠的將來，我們弗雷姆將會被讚頌為千年王國！」

狄艾斯結束演講之後，抽出侍童代拿的劍，高舉在頭上。

聚集在中庭的騎士們也回應國王。

歡聲響徹雲霄，甚至撼動王城的石壁。

然後各軍團的騎士們整齊從中庭出征。隨從與士兵們已經集結在三方向的街道會合。

鞋底踩踏大地的聲音和金屬的撞擊聲重合。

（大軍出動就會變成這樣。）

即使在上一場大戰，肯定也不曾動員這麼多的兵力。

各軍團就這麼開始朝各方面開始進軍。

前往亞拉尼亞的是希爾特公爵的第二軍與赫文侯爵的第三軍。

前往伐利斯的是樓蘭公爵的第四軍。除此之外，巴洛卡提督的海軍從西側繞到伐利斯外海，封鎖海面。

進攻莫斯的是萊丁侯爵的第五軍與多利姆伯爵的第六軍。

「我們傭兵隊和希爾特公爵的第二軍、赫文侯爵的第三軍一起前往亞拉尼亞！」

軍團全部離開之後，站在傭兵隊前頭的隊長如此下令。

傭兵隊長是沙漠部族出身，叫做葛拉夫。在弗雷姆，傭兵隊長的地位很高，所以他應該出身於有力氏族。體格又高又寬，縱長的方形臉像是雕刻到一半的石像。頭髮剪短，沿著下顎線條留著短短的鬍子。身上是胸鎧、護手加護腿的輕裝備，但是揹著寬刃雙手劍。

（雖然朝三方向進軍，不過看來亞拉尼亞是第一目標。）

查伊德如此推測。

派兵前往伐利斯與莫斯，大概是聲東擊西。至少兩國將無法支援亞拉尼亞。

（好啦，瑪莫與卡農會怎麼行動？）

亞拉尼亞、伐利斯與莫斯肯定會以誓約之寶冠之名請求援軍。但是這兩國的戰力不足以同時朝三方向派遣援軍。

（哥哥應該會和卡農軍會合，前去救援亞拉尼亞吧。）

成為瑪莫國王的哥哥艾魯夏個性慎重，也因此深謀遠慮，基本上不會失算，肯定會看穿弗雷姆的第一目標是亞拉尼亞。

這麼一來，彼此真的會在戰場相見，不過這是到時候的事。

（而且，現在的我只是個傭兵。）

報上瑪莫王子的名號，賭上王位和哥哥單挑的提案，查伊德以為狄艾斯會駁回。

狄艾斯打算將戴上誓約之寶冠的王家悉數消滅。

傭兵們跟著傭兵隊長，各懷心思踏出腳步。

查伊德也在隊列的中段邁步前進。他穿著長衣，頭巾以護額固定。寬刃曲刀與附帶護手的格擋匕首（Main gauche）掛在腰際。長衣底下穿著祕銀（Mithril）製的鎖子甲（Chain mail）。因應長途行軍，背包的內容物維持在底限。弗雷姆軍的補給完善，長長的補給隊跟在軍團後方。

「方便聊聊嗎？」

走出王城，正要渡過沙之河查拉鄔的這時候。

走在查伊德後方的傭兵忽然搭話。

明顯是女性的聲音。

「什麼事？」

查伊德覺得疑惑，轉身向後。

女性挨近查伊德身旁。乍看不像是傭兵的嬌柔體型。亞麻上衣套上皮甲，腰際掛著短劍，但是這副模樣要上戰場實在靠不住。她像是沙漠部族的女性般以布包裹頭髮，鼻子以下都以布遮住，因此聲音不太清楚。她講話有明顯的大陸腔，唯一露出的眼睛是琥珀色，右手戴著要說裝飾也太大的黑水晶戒指。大概是魔法的發動媒介吧。

「妳是魔法師？」

「我在萊丁的魔法師私塾求學，不過錢不夠用，想要趕快賺錢就加入傭兵隊，沒想到突然開戰……」

女性一邊嘆息一邊回答。

「妳運氣真差。不過，表現優秀可以獲得獎賞，只要活得下來，將來肯定不會缺錢。」

查伊德毫不客氣地笑。

「前提是活得下來……」

女性說完低下頭。

「我沒有體力，也不能穿太重的鎧甲，否則用不了魔法。何況這種武器，連皮甲都不知道能不能刺穿……」

女性說完，輕拍掛在腰際的細刃短劍。光看劍鞘完全是便宜貨。

「得巧妙走位，避開要使用武器的狀況才行。話說回來，最重要的魔法妳能使用哪些？」

「已經從見習生畢業，還沒拿到導師資格。」

「正魔法師嗎……」

查伊德點點頭。

應該是初級魔法全部習得，中級魔法也能使用數種。在戰場是否管用是另一個問題，不過看來她的能力還算優秀。

「所以，找我有什麼事？」

「希望你保護我。」

女性靠得更近，壓低音量說。

「在戰場？還是在睡覺的時候？」

傭兵隊也有紀律，但是不一定所有人都會遵守。何況在戰場上脾氣會變得暴躁，不只是女性，聽說男性也會遭到夜襲。

「都要……」

女性以更小的音量說。

「謝禮是我任憑你為所欲為。」

「這樣就本末倒置吧？」

查伊德苦笑說。

確實，無力的女性若要自保，最簡單的方法是成為強悍男性的女人。

「你加入傭兵隊之後，我就一直悄悄觀察你。你看起來實力很好，和隊長交情也不錯，而且有種高貴的感覺。你是沙漠部族出身吧？」

「哎，算是吧。」

查伊德含糊其詞。

除了隊長，沒人知道他是瑪莫的前王子。不過其他傭兵們好像也認為查伊德是沙漠之民，而且是有力氏族的後代。被別人這麼認為沒有不便之處，而且瑪莫王家是沙漠之民分支部族的族長，所以也沒錯。

「換句話說……如果是你……我覺得我願意。」

女性臉紅說。

「知道了。晚上就在我的帳篷睡吧。不過，在戰場上可別成為累贅，要使用魔法成為助力啊。」

「導師大人可能會罵我，不過畢竟是傭兵……」

女性嘆氣點點頭。

「我是查伊德。」

查伊德自我介紹之後伸出手。

「我叫做緹悠拉。」

女性自我介紹回應，和查伊德握手。

4

查伊德的視線遠方有一道城牆。

是亞拉尼亞西方的城市索格。直到一百年前都只是用來進出風與炎之沙漠的旅館小鎮，不過自從沙漠開始綠化，周邊就進行開墾，如今放眼望去都是農園，小鎮隨之發展為城塞。

隨著沙漠逐漸後退，農園甚至進入弗雷姆領土。

弗雷姆當然提出抗議，但亞拉尼亞拿出兩百多年前的古老記錄反駁，宣稱當時和沙漠之民將界線定在沙漠邊緣。

那時候當然沒想過沙漠會綠化。兩國開始協議訂定國界，但是在協議期間，亞拉尼亞依然沒停止開墾。

最後協議決裂，兩國關係惡化。相傳這是狄艾斯不戴誓約之寶冠的原因之一。

不過狄艾斯自己沒把這個問題當成開戰理由。

（他想統一羅德斯，所以不能以國境紛爭為藉口。）

話說回來，難道亞拉尼亞沒想過弗雷姆國王可能不戴誓約之寶冠嗎？查伊德心想。

（如狄艾斯國王所說，因為完全依賴寶冠之魔力嗎？）

據說以前幾乎每年都會舉辦六王會議。但是最近這幾十年只會在新王即位之類的時候舉辦，次數聊勝於無。六王會議淪為虛設，沒成為解決紛爭的溝通場所。

查伊德甚至認為這場戰爭的爆發是必然。

（被稱為大賢者的老魔法師，連這種程度的事情都沒能預見嗎？）

或許是早知如此，還是將寶冠贈送給國王們。

（因為光是實現一百年的和平就很夠了。）

畢竟在之前的五十年，接連爆發可能毀滅世界的大戰。

「你在想什麼？」

緹悠拉問他。

兩人現在位於傭兵隊的陣地。

傭兵隊左翼是希爾特公爵的第二軍，右翼由札哈侯爵的第三軍布陣。

「在思考人類的愚蠢。」

查伊德半開玩笑回答。

「我正在咒罵加入傭兵隊的自己多麼愚蠢。」

緹悠拉嘆了口氣。

在風與炎之沙漠行軍時，查伊德依照約定和她睡同一頂帳篷。當然只有他們兩人。

不用說，其他傭兵認為兩人已經「有一腿」，但是查伊德沒碰過她。她說過查伊德可以為所欲為，但是除非對方要求，否則查伊德不會主動出手。

「作戰決定了……」

此時，從主力陣地回來的傭兵隊長葛拉夫，開始大聲宣布。

「我們打前鋒。以破城鎚突破城門。」

「這就是作戰？」

緹悠拉臉上迅速失去血色。

「強攻也是傑出的作戰，某些場合很有效。例如敵人只有少數的時候，沒有鬥志的時候，或是兩者都有的時候……」

查伊德對緹悠拉笑著說。

「這座城市前方的諾比斯，以城塞都市來說，比這裡龐大又堅固得多。亞拉尼亞肯定也不想在這種地方耗損寶貴的戰力，恐怕不想認真保衛這座城市吧。」

「你明明沒參加軍事會議，為什麼會知道？」

「我只是從結論逆推罷了。對於弗雷姆軍來說，這也是第一場戰鬥，應該想在短時間內攻下城市，獲得壓倒性的勝利吧。」

正如查伊德的預測，聽說前往莫斯與伐利斯的軍團只在國境布陣堅守，沒有開戰。

莫斯與伐利斯都派兵初級，卻沒攻打弗雷姆陣營。

「查伊德，你是在哪裡學習軍學的？」

「因為某個時期，我想當魔法師。可惜我沒有魔法天分，不過學問的話任何人都可以學。我才要問，妳沒學過軍學嗎？」

「我所屬的門派是和平主義……」

緹悠拉嘆了口氣。

「總之，我不知道我的推測有沒有猜對。何況我們的工作是在最前線戰鬥。比起戰鬥的勝負，更應該把智慧用在避免自己戰死。」

「該怎麼做？」

緹悠拉擔心詢問，稍微依偎過來。

「我們的工作應該是支援扛破城鎚的同伴。我會保護妳，所以妳用魔法狙擊敵城士兵。」

「魔力很快就會用完。」

「用這個吧。」

查伊德說完，拉出以細繩掛在脖子的小布袋，打開袋口，取出三顆封入青白光輝的結晶。

「魔晶石！」

緹悠拉嚇了一跳。

「因為這比金幣方便攜帶。」

查伊德面不改色地說。

這種結晶封存著號稱萬物根源、萬能之力的魔力。在古代王國時期大量製造，據說也用為貨幣。其價值至今也受到認可，視為有價寶石的一種。

「拿去換錢的話，應該可以換一大筆錢。現在開戰了，所以應該會漲價。」

「能保命的話，這只是小錢。」

「這種話，只有有錢人會說。」

緹悠拉皺起眉搖頭。順著這個動作，一撮金髮從包住頭部的白布滑出來。

「光看妳能成為魔法師，妳應該是富家子女吧？」

學習魔法需要貴重的書卷與稀少的材料，所以光是送給導師的謝禮就價格不菲。而且即使已經成為魔法師，也不保證找得到工作。聽說許多魔法師是接受家裡的支援繼續研究。

「我是例外……」

緹悠拉以手指將滑出來的頭髮撥回去，同時嘆了口氣。

「我的父親是大陸出身的魔法師。效力的王國毀滅之後，他逃到人稱『樂園之島』的羅德斯。父親雖然優秀，但是在這座島沒能為任何國家效力。」

「因為魔法師的工作攸關王國的機密。能力不用說，出身也備受重視。先不提缺乏人材的那個時期，現在魔法師甚至多到有剩。」

魔法師的世界和工匠一樣，是以師徒關係成立。如果沒人介紹，很難服侍王公貴族，或是被大商人僱用。

以前也有魔法師成為搜刮遺跡的冒險者，不過知名遺跡大致都被探索完畢。治安變好，需要冒險者的委託也減少。

「我向父親學習魔法，也繼承了才能，但是父親在我十歲的時候過世。想在這裡找到工作，只能進入莫斯山上的魔法師學院或是私塾。父親遺留的財產已經用光，母親雖然在工作，但光靠這份收入實在不夠……」

所以她為了賺禮金加入這支傭兵隊，加入沒多久就開戰了。

「如果是我的惡運殃及你，對不起。」

緹悠拉看著下方說。

「既然至今被此等壞運選中，在戰場或許能受到幸運女神的眷顧……」

查伊德回以笑容。

「而且真要說的話，我也是運氣不好的類型。以前我經常和弟弟下棋或玩牌，只要是加入運氣要素的遊戲我就常輸。我不喜歡這樣，所以決定不玩這種遊戲。」

查伊德甚至覺得自己繼承了別名「不幸王」的曾祖父史派克大部分血統。他也希望自己既然在遊戲這方面被壞運選中，在其他方面可以獲得好運。

「你有感情很好的弟弟啊。」

緹悠拉羨慕般說。

「兄弟姊妹都有。感情的話……哎，算好吧。」

瑪莫王家代代的親族關係都很穩固。因為要是不團結，國家就會滅亡。

「在戰場上，判斷慢了一瞬間就會沒命。在習慣之前先聽我的指示就好。因為只要有人命令，身體會出乎意料動得很快。」

查伊德如此建議緹悠拉。

「我會的。」

緹悠拉點點頭，雙手緊握查伊德的右手。

她的手微微發抖，冒出冷汗。

「沒事的，相信我。」

查伊德鼓勵緹悠拉。只不過他自己也是第一次真正打仗。

（我就是為了這一刻鍛鍊至今的。）

查伊德有許多討伐妖魔的經驗，也會參加魔獸討伐。

最重要的是武術師父哈雷庫擁有豐富的實戰經驗，鉅細靡遺傳授戰場上的心得。查伊德腦中清楚儲存戰場的光景，只要沒出錯就可以想像該如何應對。

戰爭剛開始。不能在這種地方劃上句點。

5

下達進軍號令之後，傭兵隊緩緩從弗雷姆軍中央前往索格市的城牆。

不久之後，第二軍與第三軍整齊跟上。

全軍在敵方武器射不到的位置暫時停止。

第二軍與第三軍舉起武器咆哮。這是在威嚇敵城士兵。

「會不會開城呢……」

緹悠拉撥動右手中指所戴的魔法發動媒介輕聲說。

「很難說吧？他們恐怕也不知道真正的戰爭長什麼樣子。或許認為只要死守在城裡，即使面對大軍也能自保到底。」

城牆就是給人此等安心感。

「明明不可能贏啊？」

「嗯，要是正面交鋒，敵軍基本上會全軍覆沒吧。我不認為他們已經覺悟一死，但也不能逃之夭夭吧。」

和緹悠拉一樣，他們成為士兵的時候，肯定沒想到會爆發戰爭。

查伊德也差不多。正如狄艾斯在出征前的演講內容，查伊德知道六國的關係在近年惡化，但他判斷不足以發展為戰爭。

（我也想得太美了。）

不過，戰爭就是這麼回事吧。原本以為不可能發生，卻在某天突然成真。

「好啦，開始了！」

傭兵隊長葛拉夫大聲說完，輪流拍打身旁傭兵們的背。

「好！」

傭兵們以雄壯的聲音回應。

然後葛拉夫來到查伊德這裡。

「剛力隊拜託你了。」

葛拉夫拍拍查伊德的肩膀對他說。

「交給我吧。」

查伊德靜靜點頭。

「剛力隊」是以三根破城鎚突擊的傭兵們。雇用這些傭兵就是看中他們的蠻力。所有人都領到和肩甲一體成形的厚頭盔。頭盔與肩甲表面打造成平滑的曲面，即使敵方箭矢命中也會滑開。

其他傭兵的任務是保護他們直到破壞城門。

查伊德選用的是新月刀與盾。選擇新月刀是為了迅速砍掉箭，盾牌是木製圓盾以聊勝於無的金屬板進行補強的便宜貨。經過這場戰鬥恐怕就會報廢。沒準備射擊武器。他打算專心以刀與盾擋箭。攻擊交給緹悠拉。不同於箭矢，魔法不會打偏。

「前進！」

葛拉夫怒罵般發號施令。

回應這句號令，剛力隊扛的三根破城鎚排成直線，緩緩開始移動。

查伊德和帶頭的破城鎚並行。

緹悠拉跟在他身後。

終於接近城牆之後，井然排列的城兵朝這裡射箭。

清楚聽得到弓弦震動的聲音，以及箭矢劃破空氣的聲音。

「呀啊！」

緹悠拉放聲哀號，貼在查伊德背後。

「還很遠，射不到的。」

查伊德轉身對她說。

「你怎麼知道？」

緹悠拉以快要哽咽的聲音問。

「靠經驗。」

瑪莫王國的訓練是實戰性質。王族尤其接受嚴格的訓練。

對付射箭敵人的戰法，查伊德早已被訓練到厭世。

訓練時射的箭沒有箭頭，但要是打中要害還是會重創。一位叔父曾經在這種訓練失去單眼。

敵人射的箭，插在查伊德等人前方遠處的地面。

「看來連目測都不會。而且發射間隔很久！……」

查伊德輕聲說。城兵射箭的熟練度明顯不佳，也沒看見拿十字弓的士兵。看來亞拉尼亞肯定不想守住這座城市。

「敵方的射擊暫時會是曲射。就這麼緊貼在我背後。」

查伊德對緹悠拉說完，她像是要抱住般將身體靠過來。

扛著破城鎚的剛力隊低著頭逼近城門。

終於進入敵方射箭能命中的距離。

許多箭打中他們的頭盔，發出響亮的金屬聲。每次作響，緹悠拉就輕聲尖叫。剛力隊其中一人運氣不好，被箭射中腿部摔了一大跤。

破城鎚的護衛也有數人中箭倒下。

剛力隊齊聲吆喝，全速往前跑。

查伊德高舉盾牌，擋下可能命中的箭並且前進。

敵方好幾根箭插在盾上。

「看得見城牆上的敵人嗎？」

查伊德對緹悠拉說。

「可以……」

緹悠拉如此回答，從查伊德背後探頭。但只要箭射過來就立刻又躲起來。

「我會擋住所有的箭，不會讓任何一根箭射中妳。」

「知道了……」

緹悠拉點點頭，開始定睛觀察城牆。

「記住敵人位置之後就集中精神，進入魔法能命中的距離之後，就發射『光箭』。」

「光箭」是初級的攻擊魔法。將萬物根源、萬能之力的魔力當成純粹的能量發射。

如果是能力高超的魔法師，一發就能讓對方傷亡，即使沒打死，只要能剝奪對方戰力就夠了。

「我試試看……」

緹悠拉說完，開始輕聲詠唱古代語魔法的咒語。

敵兵集中攻擊扛破城鎚的傭兵，阻止城門被破。剛力隊數人中箭脫隊，但破城鎚沒停下來。

擅長射擊的獵兵隊一邊閃躲敵方的箭，一邊開始反擊。

從下方射擊的威力會打折扣，但他們射箭精準。中箭的城兵一個個從城牆摔落。

不過，獵兵隊身穿的是輕裝備，所以運氣不好中箭的人接連倒下。

「趁現在！」

查伊德指示緹悠拉。

他沒帶射擊武器，而且將射來的箭全部擋下，所以敵兵已經沒對他攻擊。

「萬物之根源、萬能之力的瑪那啊，化為光之箭飛奔吧！」

緹悠拉咒語，同時射出三條光線。

（她擴大了魔法？）

才看見青白色的閃光飛奔，就各自命中三名城兵。探出身子想射箭的其中一人失去平衡，從城牆摔落。

「對不起……」

緹悠拉以快要哽咽的聲音低語。

「躲起來調整呼吸。」

敵方箭矢再度開始瞄準查伊德，大概是知道這裡有魔法師。

面對射過來的箭，查伊德以盾擋，以刀砍，然後在攻勢中斷的時間點，給緹悠拉下一個暗號。

「化為光之箭飛奔吧！」

緹悠拉的魔法箭這次也迸出三根。

三名城兵中了光之箭往後倒，從城牆這邊消失身影。

（看來奏效了。）

被緹悠拉魔法命中的城兵沒站起來的樣子。應該是受重傷退到後方了吧。看來她的魔力比期待的還高。

大致看來，城牆上的敵兵約兩百人，不過人數已經減少許多。

獵兵隊確實解決了他們。

然後剛力隊抵達城門，破城鎚打向城門。響起震耳欲聾的撞擊聲，感覺連地面都在晃動。

就在這個時候，看得見城門上的數名城兵抬起像是大鍋子的物體。鍋裡冒著白色的蒸氣。

「緹悠拉！」

查伊德指向該處。

「飛奔吧！」

緹悠拉迅速詠唱咒語，魔法箭直接命中大鍋。

這股衝擊使得城兵放開大鍋。冒出熱騰騰的蒸氣，同時響起哀號。

「是熱油吧。」

這是攻城戰常用的防禦手段。身穿再厚的鎧甲，淋到熱油也是吃不完兜著走。

熱油在腳邊擴散，因此城兵們連忙原地逃散。

「幹得好。」

查伊德看向緹悠拉朝她點頭。

「唔，嗯……」

緹悠拉點頭回應，表情卻是僵的。大概是恐懼感與罪惡感攪亂內心吧。

「乖乖在我身後躲一陣子。看來太顯眼了。」

查伊德對緹悠拉說完，重新握好盾牌。

他發現城兵的箭朝向這裡。

然後箭接連射過來。

他正在保護緹悠拉，所以不能更換場所。

查伊德就這麼停在原地，以刀與盾防禦射來的箭。超過十根箭插在盾上，木板開始裂開。

盾牌很快就會報廢吧。而且只用刀很難防禦所有箭矢。

（以最壞的狀況，只能用身體擋了。）

查伊德下定決心。

同父異母的姊姊羅莎的面容忽然浮現在腦中。

羅莎十歲就引發大地母神瑪法的奇蹟，立刻成為瑪法神殿的神官。如今的地位是祭司。

瑪莫的王族每次受傷，都會去找這位姊姊請她治療。只要由她治療，即使傷得很重，也會連傷痕都不留。

只看實力的話已經是高等祭司，相傳她是曾祖母妮思再世。曾祖母也是虔誠的瑪法神官，據說少女時代被尊為聖女，卻基於某個原因被瑪法教團驅逐。瑪法教團好像把她的名字視為禁忌。

雖然辛苦，不過查伊德擋下不斷飛來的箭。只要敵方集中瞄準他，獵兵隊就能狙擊城兵。即使不是自願，但他完全是誘餌。

終究無法完全躲開，一根箭射中手臂，兩根箭射中腿。雖然傳來劇痛，但是意識中斷的話就完了。

查伊德咬緊牙關，持續擋箭。

就在這個時候。

「偉大的戰神麥理啊，勇者集結於此，赴向戰場……」

查伊德背後響起洪亮的聲音。

「戰歌？」

查伊德嚇了一跳，轉向後方。

右手按在腹部，左手持盾，年約五十歲的男性站在該處。

身穿附頭巾的鎖子甲，罩上染成黃色的神官服。神官服胸口的刺繡是戰神麥理的紋章。個子不高，卻是虎背熊腰的體型。灰色頭髮剪短，鬍子仔細修整。濃眉大眼的容貌隱約令人聯想到貓頭鷹。

「請保佑我們，賜予鋼鐵之意志與火焰之勇氣……」

神官繼續歌唱。

「戰歌」是戰神麥理祭司祭司行使的高階奇蹟。可以鼓舞己方戰士，提升身心能力。

聽著神官的歌聲，查伊德的精神逐漸高昂，全身充滿力量，甚至覺得射過來的箭變慢了。

查伊德扔掉插滿箭像是刺蝟的盾，拔出格擋匕首。以右手的新月刀與左手的匕首，將進逼的箭矢一根根砍掉。

在這段時間，敵兵人數也確實減少。

大概是戰歌的奇蹟增強力量，剛力隊的破城鎚終於破壞城門。將城門連結在城牆的鉸鏈大概從石柱脫落了吧，最後一撞將門撞飛，橫掃門後伺機而動的城兵。

「進攻！」

一旁的某個傭兵大喊。

不過在這個時候，後方響起樂器聲。

查伊德轉身瞥向後方。

第二軍與第三軍發出地鳴聲開始進軍。

「看來我們的工作就到這裡了。」

查伊德露出苦笑。

雖然想攻進城內立功，但他告誡自己傷成這樣無須勉強。

「傭兵隊，後退！」

果然，傭兵隊長葛拉夫的號令高聲響起。

「怎麼回事？」

緹悠拉詫異詢問。

「攻進城塞是正規軍的工作。」

查伊德轉身回答緹悠拉。

6

亞拉尼亞西方邊境的城市索格，日落時已經完全被弗雷姆軍占領。

聽說領主在西門被破的同時從東門脫逃。

麾下的騎士們也跟著照做。

形式上被拋棄的士兵們，幾乎沒抵抗就投降。他們只被解除武裝就立刻獲釋。

占領的城市已經是弗雷姆的領地，居民是弗雷姆的人民。雖然暫時納入監視，不過肯定遲早會由狄艾斯冊封的領主統治。

弗雷姆軍紀律嚴明，禁止對居民施暴或掠奪，而且居民們被禁止外出。

索格市鴉雀無聲，白天的戰鬥就像是假的。

查伊德與緹悠拉一起圍在火堆旁，吃著遲來的晚餐。傭兵隊的陣地在市外。市區很小，容不下這支大軍。

白天戰鬥受的箭傷，箭頭已經挖出來，傷口用酒消毒之後抹上膏藥，以繃帶包好。雖然很痛，但幸好四肢活動不成問題。應該會在下一場戰鬥之前完全康復。

剛力隊或獵兵隊的傭兵一個接一個來到兩人身旁，奚落他們白天時的戰法。

「因為我只有保護妳，連一個敵兵都沒打倒。」

查伊德露出苦笑。

「被集中攻擊到那種程度，你就某方面來說是第一功臣喔。」

緹悠拉像是安慰般說。

「也就是魔法很顯眼的意思。我的預測太天真了。」

查伊德對魔法很熟，所以知道魔法多強，也知道其極限。

實際上，緹悠拉只詠唱魔法三次。

對於城兵們來說，獵兵隊的射擊肯定危險得多。然而一般的士兵對魔法一無所知，因此緹悠拉發射的魔法箭看起來恐怖至極吧。所以他們集中狙擊緹悠拉。

「不過，查伊德好厲害。接連擋下射過來的箭。而且即使受傷，也保護我到最後……」

緹悠拉說到這裡，擔心般注視查伊德手腳鎖包的繃帶。

「因為原本就是這麼說定的。」

「可是，我完全無法回報。」

「光是白天的活躍就夠了。原來妳的實力是導師級。」

「光靠實力當不上導師喔……」

緹悠拉悲傷地說。

「因為想領到執照，需要一大筆的禮金。」

「那就讓大家認同妳的實力吧。這麼一來，應該會有某個權貴僱用妳。」

魔法師的需求，在戰亂時代比較容易增加。在過去的大戰也有許多魔法師上戰場。

此時，有傳來某人接近的腳步聲。

轉身一看，是傭兵隊長葛拉夫。

「你們兩個過來一下。」

葛拉夫對他們說。

「知道了。」

查伊德如此回應，拜託附近的傭兵清理火堆之後起身。

「會是什麼事呢？」

緹悠拉站起來，不安低語。

「天曉得。」

查伊德也猜不透。

兩人跟著傭兵隊長前進。

各處燃燒火堆或火把，所以傭兵隊陣地充滿白煙，洋溢木頭或油燃燒的味道。

傭兵們尋找意氣相投的夥伴享受喝酒、閒聊或小賭一把的樂趣。晚餐前，各人領到一枚金幣做為白天戰鬥的獎賞，所以各處氣氛都很熱絡，彷彿忘記傷亡人數超過五十人。

傭兵隊長走向他所使用，比別人大一號的帳篷。

入口站著四名穿鎧甲的騎士。所有人穿著代表第二軍的上衣。

（難道是帕亞特大人來了？）

走進帳篷一看，已經有三位訪客先到。

「查伊德哥哥！」

其中一人站起來大喊。

說來驚訝，是妹妹碧娜。她身穿侍女風格的服裝。在她身旁的正如預料，是希爾特公爵帕亞特。

（為什麼碧娜在這裡？）

查伊德不知所措。

不過查伊德立刻猜到，應該是她主動要求和帕亞特一起來。因為即使留在布雷德，也沒有她的容身之處。

「是你妹妹？」

緹悠拉悄悄問。

查伊德默默點頭回應。現在不是能說明的狀況。

「聽說你受傷了……」

帕亞特擔心般詢問。

「當時太粗心了……」

查伊德回答之後，展現包在手臂的繃帶。血與膏藥滲出繃帶。

「不過，哎，是皮肉傷。」

查伊德露出笑容。這個動作使得傷口生痛，但他沒表露在臉上。

「那太好了。」

帕亞特露出安心的表情。

「白天的時候，真的是奮勇戰鬥啊……」

另一名男性朝查伊德一笑。

是當時以「戰歌」鼓舞他的戰神麥理神官。

「這位是服侍副王的宮廷祭司，拉吉布先生。」

帕亞特介紹說。

查伊德聽過這個名字。

（記得是弗雷姆先王的親信……）

這樣的人物為什麼會在前線？查伊德感到疑問。

「白天謝謝您在危急的時候協助。」

查伊德向他道謝。

「別客氣，激勵勇猛的戰士是我們的本分。傭兵隊的奮戰令我看得內心激昂，回過神來已經跑向戰場了。」

拉吉布祭司晃著身體笑。

「拉吉布先生好像很欣賞查伊德先生，表示可以的話想和你一起行動。」

葛拉夫隊長揚起嘴角這麼說。

「和我？」

查伊德注視祭司。

「我們戰神麥理祭司的使命，就是服侍勇者。」

「很榮幸聽您這麼說，但我只不過是一介傭兵。而且白天的戰鬥，我甚至覺得丟臉……」

查伊德感到為難。

「確實，你在那個戰場看起來是唯一的異類。不過，這不就是你理解戰鬥目的，思考自己的職責之後，想盡力做到最好的結果嗎？你的答案是徹底保護那位魔法師不被城兵攻擊。」

「這我不否認……」

雖然和預料的差很多，但以結果來說，查伊德認為成功達成目的。

「我也不是收到確切的啟示。只不過，我在你身上感覺到類似勇者資質的東西。因此，希望你容我暫時陪同，讓我看清你是不是我應該服侍的真正勇者。」

「或許會讓您失望，但您不介意的話……」

查伊德和拉吉布祭司握手。

「恕我冒昧。」

祭司知會之後，解開查伊德手腳的繃帶，對傷口行使治療的奇蹟。

亮起純白的光輝，紅黑色的傷口隨即逐漸癒合。等到血痂在最後脫落，連傷疤都不留。

魔力的強大由此可見。

今後隨時能得到戰神麥理的保佑，可以說是一種僥倖。和緹悠拉的承諾也能更輕易履行吧。

「雖然是激戰，總之今天大獲全勝。先祝賀吧。」

葛拉夫說完，抱起帳篷角落存放的大酒瓶，豪邁放在帳篷中央，在酒瓶周圍擺上對應人數的酒杯。

原本以為帕亞特會回到自己的陣地，卻意外地移動到圍繞酒瓶的座位。

「我可以待在這裡嗎？」

緹悠拉不安地問。自從進入帳篷，她看起來就一直不自在。

「不必在意。多在這種場合露臉，將來也可能派得上用場。」

查伊德輕聲回答。

「敬弗雷姆的勝利！」

葛拉夫帶頭一喊，場中所有人一起高舉酒杯。是以「火龍」品牌聞名的多利姆產麥酒。酒是紅色的，酸味較強。

「在今天的戰鬥，最活躍的是傭兵隊。我們就像是搶走你們的功勞，真的很抱歉。」

帕亞特將酒杯送到嘴邊喝一口，然後向傭兵隊長低頭。

「別……別這麼說……」

葛拉夫慌張搖頭。

「這不是在軍事會議決定的嗎？占領城市是正規軍的工作。我們甚至不好意思領取您的獎賞。」

「剛才發的金幣，是帕亞特大人提供的？」

查伊德詢問隊長。

「這支部隊沒有多餘的資金，我自己也沒那麼多財產。」

葛拉夫笑著承認。

（原來如此……）

帕亞特應該是在意搶了傭兵隊的功勳而賜予獎勵，還來到傭兵隊的陣地向隊長道歉。

或許應該說他太客氣了。

不過，查伊德對他有好感。

（或許因為狄艾斯國王是那種個性，所以帕亞特大人打算徹底扮演協調的角色吧。）

王族也可能為了爭奪王位繼承權上演骨肉之戰。正因如此必須展現忠誠心，也不能露出野心。

看來這位王弟很明白這個道理。

（雖說帕亞特大人擁有王位繼承權的第一順位，但是繼承王位的將是狄艾斯國王的兒子。領地希爾特也遲早得歸還……）

在弗雷姆，希爾特公爵的爵位與領地固定賜給皇太子。狄艾斯的兒子們還年幼，但遲早會長大成人，繼任為希爾特公爵。到時候帕亞特將會受封其他的領地與爵位。

要是弗雷姆征服羅德斯，不愁沒有領地可以賜予。但因為帕亞特是王弟，很可能將最難統治的場所交給他。

昔日是弗雷姆屬地的瑪莫，受命成為第一任領主的是建國王卡修的左右手，風之部族族長家的繼承人薩達姆。

後來將公王寶座讓給曾祖父史派克，不只因為他出身炎之部族的族長家，據說也因為卡修最信任他，對他的能力給予很高的評價。

帕亞特成為瑪莫領主的可能性或許意外地高。查伊德懷抱期望這麼想。

7

少人數的酒宴和樂持續。

將近半夜的時候，希爾特公爵在碧娜的陪伴之下，回到自軍陣地。

葛拉夫隊長與拉吉布祭司好像還要繼續喝。

查伊德原本想奉陪，但是緹悠拉上半身開始搖晃，所以他決定回到自己的帳篷。

傭兵隊的陣地依然熱鬧。由於戰鬥剛結束，恐怕直到天亮都不會安靜吧。

「還好嗎？」

查伊德詢問走不穩的緹悠拉。

雖然拉著她的手臂，不經意扶著她的身體，但她還是差點摔倒好幾次。

「只是有點睏。剛才雖然緊張，不過很快樂。」

緹悠拉笑著回應。

口齒不太清楚。大概因為這樣，所以感覺比平常年輕。

查伊德不知道她的正確年齡。因為不想無謂探究所以沒問。她肯定比查伊德年長，但或許沒差很多歲。

「因為酒是內心的良藥。不過也會成為毒藥就是了。」

查伊德也醉醺醺的。

不過因為是王族，所以參加酒宴的經驗豐富。這種程度算不了什麼。

「你妹妹，好漂亮耶。」

緹悠拉夾雜著嘆息說。

「哎，是啊……」

查伊德同意這句話。這種事不必特別否定。他認為兩位姊姊也很漂亮。

「你妹妹，原來是希爾特公爵的妃子啊。」

「看起來像嗎？」

查伊德反問。

「不是嗎？」

緹悠拉露出困惑表情，停下腳步。

「是沒錯，不過以貴族的狀況，雖說是妃子，卻也分成好幾種。」

查伊德苦笑說。

「啊……」

緹悠拉好像猜到某些端倪，表情變得尷尬。

酒宴上，妹妹碧娜表現得比較低調。不會主動提任何話題，只有被問話的時候親切回答。

妹妹的立場始終是侍女。不過多虧這樣，得以待在帕亞特身邊。如果是正妃，應該走不出公爵家的宅邸吧。

查伊德感覺帕亞特將妹妹當成妃子對待。既然看在緹悠拉眼中也是如此，代表這不是他擅自認定。

狄艾斯國王並沒有准許弟弟和碧娜結婚。即使如此，帕亞特依然選擇將碧娜留在身旁。由於在其他方面看起來像是盲從哥哥，所以這一點甚至令查伊德覺得不可思議。

「查伊德，你到底是什麼人？」

緹悠拉稍微猶豫之後詢問。

「不只是隊長，希爾特公爵好像也對你另眼相看。不過既然你是妃子的哥哥，這可能理所當然吧……」

「現在是普通的傭兵。」

查伊德回答。

「『現在』是。那麼，以前呢？」

緹悠拉問得更深入。大概是酒後壯膽吧。

「遲早會洩漏，所以我就回答吧，我是瑪莫王國的王子。不過是前王子。」

「王子？別名『黑暗之島』的瑪莫王子？」

緹悠拉睜大雙眼。在附近篝火的映照之下，她的雙眼火紅晃動。

「妳用『黑暗之島』這個別名，我感到遺憾。即使依然殘留黑暗，但也已經射入光明，只是羅德斯本島的人們不肯正視罷了。」

「對不起……」

緹悠拉連忙摀住自己的嘴。

「我哥決定和弗雷姆戰鬥，我企圖對他造反，失敗之後逃到這裡。我請狄艾斯陛下讓我成為瑪莫國王，但是沒獲准，後來我為了尋找容身之處而成為傭兵。妹妹碧娜是第三公主。她原本是希爾特公爵的正式未婚妻，卻因為瑪莫王國成為弗雷姆的敵人導致婚事告吹。不過，帕亞特大人接納碧娜，像那樣將她留在身旁。」

查伊德平淡說明。

「這樣啊……」

低著頭聽查伊德述說之後，緹悠拉微微抬起頭。

「難怪你看起來有高貴的氣息。」

「再說一次，我現在是普通的傭兵。是想立功被提拔為弗雷姆貴族的庸俗之輩。」

「我沒有妨礙到你嗎？」

緹悠拉揚起視線詢問。

「白天戰鬥的表現，就好壞兩方面都引人注目，足夠打響名號了。我會依照承諾，今後繼續保護妳。妳則是以魔法協助，讓我可以立功。這樣我們就處於對等關係。當然，如果妳不願意，妳可以隨時反悔。」

「不會不願意！」

緹悠拉連忙搖頭。

「我在白天的戰鬥完全明白了。我必須由你保護，才能在戰場活下去。我甚至不知道魔法該怎麼運用。所以，今後我也想拜託你。」

緹悠拉說到這裡，腿軟倒在查伊德的懷抱。

「如果走不動，我抱妳回帳篷吧？」

「走得動，但我想要你抱……」

緹悠拉撒嬌般說，摟住查伊德的脖子。

查伊德將手放在緹悠拉的背後與雙腿，輕鬆抱起她，就這麼回到兩人的帳篷。

帳篷裡鋪著地毯，疊著好幾層被子。整套都是在綠洲城市赫文買的，所以品質不錯。

查伊德要將緹悠拉放在地毯上。

但是她摟著查伊德的脖子不肯鬆手。

「求求你，抱我……」

緹悠拉隨著溫熱的氣息呢喃。

「不是因為約定。雖然我可能不是你喜歡的類型……」

「我不會在乎是不是喜歡的類型。我的原則是如果對方想要，就看當時的心情決定是否回應。」

查伊德一臉正經回答。

「這種話，只有萬人迷說得出口……」

緹悠拉忿恨般瞪過來，卻立刻像是放棄追究般嘆氣。

「我想要你。你現在的心情呢？」

「因為戰鬥而亢奮，又喝了酒，正好是這種心情。」

查伊德讓緹悠拉躺上地毯，然後將身體壓在她身上——

為了冷卻火熱的身軀，碧娜拿水壺倒了一杯水，一口喝光。

嘴角溢出的水從下巴經過喉頭流到胸前。她現在全裸。年輕堅挺的雙峰在微亮的照明中描繪出影子。

碧娜拿長布擦拭溢出的水以及溼透全身的汗水，再裹在身上遮住胸部與腰部。

這裡是弗雷姆王國第二軍主力陣地所在的索格市，城館裡的某個房間。這個房間是前城主的寢室，寬敞又豪華。

附頂蓬的大床位於中央，希爾特公爵帕亞特仰躺在床上。他也還是全裸。

傭兵隊陣營的酒宴結束，兩人一回到這個房間，帕亞特就向碧娜求愛。自從在弗雷姆王城亞庫羅德初嚐禁果，兩人幾乎每天都享受魚水之歡。

（我是淫亂的女人。）

碧娜心想。

從初體驗開始，她就不討厭這個行為。破瓜的時候確實感到刺痛，但她記得骨子裡很快就湧出甜美的感覺。如今她甚至會主動追尋快感，勾引帕亞特。

不過，她慶幸自己淫亂。

碧娜早就知道自己遲早會為了政治聯姻而出嫁，成為妃子之後該怎麼做，也從經驗豐富的宮廷婦人或侍女們那裡聽聞得知。讓成為丈夫的男性滿足，也是王族女性重要的職責。

帕亞特現在是將碧娜當成妃子對待，不知道這份寵愛會持續多久。但是碧娜不悲觀。碧娜自從見到帕亞特就對他有意思，現在覺得很愛他。碧娜不會硬是討好他，而是想要享受共處的時光。在瑪莫王宮的時候，碧娜也是以這樣的身段，和所有人和睦相處，唯一的例外是囂張的弟弟萊魯。

「也可以給我水嗎？」

帕亞特撐起上半身對她說。

「遵命……」

碧娜再度將水倒進自己剛才用的杯子。

然後碧娜將杯子拿到床邊，原本要遞給帕亞特，卻靈機一動將水含在嘴裡，然後和帕亞特相吻，以嘴餵他喝。

帕亞特沒有抗拒的樣子。他摟住碧娜的腰，想將她抱過來。

碧娜將沒喝完的水杯放在床邊的架子，解開包裹身軀的布，然後赤裸靠在帕亞特身上。兩人就這麼重疊倒在床上，深吻許久。

「關於查伊德殿下，我覺得他待在傭兵隊還是很危險。」

兩人的嘴唇離開之後，帕亞特這麼說。

「但我聽說哥哥是這麼希望的啊？」

原本好像也可以選擇成為札哈隊長的貼身侍衛，但他想展現實力而進入傭兵隊。

「查伊德殿下應該在焦急吧。因為他想成為瑪莫國王的願望被拒絕了。」

「因為如狄艾斯陛下所說，如意算盤打得太響亮了……」

哥哥肯定也不認為那個願望會被接受。

「可以的話，能請他改編到第二軍嗎？不過他這樣會成為我的家臣，而不是陛下的家臣。」

「感謝您提出這個建議……」

碧娜稍微思索之後搖頭。

「但妾身認為，哥哥待在傭兵隊比較能發揮實力。肯定會立下戰功吧。等哥哥立功，這場大戰結束之後，請帕亞特大人將哥哥收為臣下。哥哥應該也是這麼希望的。不過這個如意算盤或許打得太響……」

碧娜說到這裡輕聲一笑。

雖然沒聽哥哥清楚說過，但碧娜想像得到哥哥的目標。而且一起來到弗雷姆之後，碧娜決定協助哥哥。

「我甚至想主動請他點頭。光是剛才一席話，我就感覺查伊德殿下才華洋溢。將來想必會成為我的得力助手。」

「您過獎了。」

碧娜開心說完，將臉靠到在帕亞特胸口，貼上嘴唇游移。

（我要成為妃子服侍這個人，然後生下他的孩子。）

碧娜暗自將此定為自己的職責。

因為這麼一來，即使瑪莫王家滅亡，血脈依然可以存續——

8

迷失在遼闊森林的萊魯，將內心的抱怨說出口。

但是，身旁沒任何人聽他抱怨。他沒帶諾兒拉與荷莉朵進來。兩人和兩頭魔獸一起在森林外圍等待。

「迷途的詛咒不是解除了嗎？」

這裡是在卡農北部與亞拉尼亞西南部之間擴展開來的「不歸之森」。為了尋找永遠之少女蒂德莉特，萊魯進入這座森林，至今已經經過快半個月。

高等妖精設置的迷途魔法解除之後，經過一百多年的歲月，這座森林在周邊人們的心目中，似乎依然是禁忌的場所，絕對不會嘗試走進深處。萊魯向許多人打聽過，但是沒有任何人知道永遠之少女住在哪裡。

既然人們不進入，自然也不可能有道路。只能沿著獸徑或小溪行走，尋找永遠之少女的家。然而萊魯連線索都找不到。

據說永遠之少女昔日帶著魯特琴走遍羅德斯。為了傳達戰爭的愚蠢，她廣為吟唱包括魔神戰爭、英雄戰爭與邪神戰爭這三場大戰的長篇詩歌。「羅德斯騎士之武勳詩」就是摘錄自這部三大戰爭的敘事詩。

然而不知何時，永遠之少女不再出現在眾人面前。後來依然有傳出目擊到她的消息，卻都是聽起來沒什麼信度的謠言。甚至相傳她已經返回妖精界。

不過，萊魯不想相信這種傳聞。

（蒂德莉特是羅德斯之騎士潘恩永遠的伴侶。不可能離開這個世界。）

萊魯如此確信。

以溪水或泉水解渴，狩獵鳥獸、採集山菜與菇類充飢。萊魯在光之森與闇之森都學習到野外求生術。不歸之森的自然恩惠比光之森還要豐饒，安全程度完全不是闇之森所能相比，在這裡待多久都活得下來。

即使如此，隨著日子一天天經過，身心都開始感覺疲勞，大概是因為焦急吧。

仔細想想，不歸之森和瑪莫島差不多大。漫無目的在這裡找人，是匪夷所思的大工程。

籠罩在單調的森林景色與寂靜之中，思考會逐漸麻痺。自我變得稀薄，彷彿整個人成為森林的一部分。依照傳承，被不歸森林之詛咒囚禁的人們會失去時間知覺，也不會變老，就這麼迷失數百年之久。

若是如此，自己走出森林的時候，外面的世界或許已經經過好幾十年。弗雷姆王國統一並且施行恐怖高壓統治的光景掠過萊魯腦海。

萊魯用力搖頭，甩掉妄想。

「永遠之少女！」

萊魯拉開嗓門大喊。

「戰亂時代再度來臨了。現在世間正需要羅德斯之騎士！」

然而，他的聲音在森林樹群迴盪，像是被吸入般逐漸消失。

萊魯激勵著差點氣餒的心，再度朝森林裡踏出腳步——

兩天後，發現像是鑽過森林樹群向前延伸的小徑。

「是獸徑嗎？」

萊魯蹲下來調查地面。路面比兩側低一截，鋪滿小小的木片。

明顯是人工鋪設的。或許是昔日住在這座森林的高等妖精使用的路。然而他們已經回到妖精界一百多年之久。這條路之所以依然沒埋沒在森林，是因為有人還在使用。沒有類似腳印的痕跡。

「如果是妖精，應該可以不留腳印行走吧。」

萊魯對自己這麼說，決定沿著這條小徑走。雖然像是抓著最後一根稻草般靠不住，但他可不能鬆手。

慎重前進，以免找不到路。

如果萊魯的知覺沒有失準，這條小徑應該是由東往西。就這樣繼續前進的話，應該會抵達流經不歸之森的兩條大河之一。

「只能走多少算多少了。」

這天他完全沒休息，一直走到天黑。

入夜之後，由於森林深邃，所以幾乎伸手不見五指。萊魯不想偏離小徑，決定找個適當的場所露營。

在地面挖洞生火，拿出幾天前獵殺之後煙燻利於保存的兔肉，以刀子削片烤來吃，然後啃一口荷莉朵讓他帶在身上的乾麵包。

「好甜……」

雖然份量不多，但因為加入許多砂糖，所以有飽足感。萊魯燒開水泡一杯調合的藥草茶。這也是荷莉朵準備的。她是魔獸使，但也在魔獸園旁邊的藥草園修習藥草學。荷莉朵準備了數種藥草茶，效果各有不同。今晚萊魯選擇能讓心情平靜的藥草茶。

用完餐之後，萊魯熄滅火堆。確定火完全熄滅之後，撥土將餘炭埋好，然後爬上樹枝粗細恰到好處的樹。

萊魯躺在樹枝上，以背包當枕頭，披風裹住身體，就這麼待到天亮。睡在這裡比地面安全。

雖然疲累，但因為夜還沒深，所以沒能立刻入睡。

萊魯哼起「羅德斯騎士之武勳詩」。今晚選擇羅德斯騎士一行人為了前往伐利斯而通過妖精界的段落。

進入森林至今，這篇武勳詩已經不知道唱過多少次。不只可以解悶，還能趕走野獸。最重要的是萊魯期待永遠之少女聽得到他的歌聲。

（但願風之精靈將聲音送到她耳中。）

哼唱詩歌的萊魯，好像是不知何時睡著了。

當他清醒，天已經亮了。

雖然還有點暗，但是不影響活動。

萊魯拿著行囊，從樹上跳下來。

然後他簡單進食，再度沿著昨天發現的小徑行走。

一心一意專注前進。

走著走著，萊魯感受到奇妙的氣息。

轉身一看，一隻大型動物尾隨在他的身後。

是狼。在萊魯身後保持一定的距離跟著走。

「送行狼……」

這個詞浮現在腦海。

然而說來神奇，萊魯沒感到恐懼。只要獵物足夠，狼不會襲擊攜帶金屬武器的人類。而且萊魯不認為這座森林缺乏獵物。

萊魯不以為意，繼續行走。

然而隨著時間經過，狼逐漸變多。

如今狼群完全包圍萊魯。各種毛色的狼往來於視野邊緣。

配合萊魯的腳步，狼群包圍網也跟著移動。

然而，狼群沒有襲擊的徵兆。

萊魯覺得自己像是成為狼群的一分子。或許是心理狀態出問題了。

中午時分，狼群的樣子出現變化。

包圍網解除，看不見牠們的蹤影了。

萊魯感覺這是某種暗號，停下腳步。

不久，一隻體型大一號的狼，獨自從小徑另一頭走過來。體毛是褐色，但在林間隙光照耀時，看起來閃耀著金黃色。

「你是狼王嗎？」

萊魯朝著狼大聲問，然後深吸一口氣繼續說。

「請你帶我去找永遠之少女。」

為什麼說出這種話？萊魯自己都感到詫異。

感覺狼群沒有襲擊的徵兆也是原因之一。這隻狼獨自走過來也不尋常。

萊魯感受到某人的意志。如果這座森林有人馴服這群狼，非永遠之少女莫屬。

狼在距離萊魯五步左右的位置停下腳步，深綠色的雙眼像是打量般看過來。

萊魯筆直注視狼的雙眼回應。

甚至忘記呼吸，承受著狼的視線。

沒多久之後，狼好像動了動鼻頭，然後轉身換了一個方向。

萊魯將積在胸口的氣吐出來，跟在狼身後。

然後猶如在狼的帶領之下，繼續沿著森林小徑前進。

不知道究竟走了多久，森林不知不覺間已被黑暗籠罩，而且狼王的身影消失在黑暗中。

然而，萊魯不慌不忙。因為正前方看得見微弱的光。朝著微光前進，逐漸隱約聽得見魯特琴的聲音。

這一瞬間，萊魯感覺自己內心某條線發出聲音斷開，然後當場倒下。

9

萊魯感覺受到某種溫暖的物體包裹而清醒。

模糊的視野前方，是以圓木組合的陌生天花板。他連忙彈起來一看，這裡是床上。自己雖然蓋著被子，身上卻只穿內衣褲。

「這裡是？」

萊魯一邊低語，一邊環視四周。

這裡是只有兩張床的小房間。和煦的陽光從玻璃窗射入。不知道從哪裡傳來鳥囀。

萊魯嘗試回溯混亂的記憶，卻完全無法分辨自己昏倒前發生的事情是夢境還是現實。

「我在狼王的帶領之下……」

天黑之後，狼消失身影，取而代之看見的是微光。然後在聽到魯特琴聲音的瞬間昏迷。大概是身心的疲勞都超越極限吧。

「醒了嗎？」

響起開門聲，隨即傳來一道清澈的聲音。

轉身一看，是一名嬌小的女性。

筆直滑順的金色長髮，肌膚潔白如雪。臉蛋瘦長，下顎偏尖。鼻梁堅挺，細脣是嬌豔的玫瑰色。眉毛彷彿以細筆描線，眼角上揚，彷彿森林裡潔淨泉水的藍色雙眼閃閃發亮。還有一對竹葉形狀的長耳。

「您就是永遠之少女蒂德莉特……」

萊魯呆呆地出聲說。

「和肖像畫一模一樣……」

「你是什麼人？」

蒂德莉特平和地詢問。

「抱歉還沒自我介紹！」

萊魯回過神來，隨即下床恭敬回應。

「我……不對，在下是瑪莫王國的第四王子萊魯。」

「瑪莫的王子？那麼，是史派克與小妮思的……」

「是的！我是曾孫！」

聲音變尖，就像是在和二哥艾魯夏、莉芙或潔妮雅說話。

「我拿衣服過來。肯定已經乾了。」

蒂德莉特說完走回門外。

聽到這句話，萊魯才想起自己只穿內衣褲，連忙以被子裹住身體。

蒂德莉特很快就回來了。

然後她將衣服與內衣褲遞給萊魯，再度消失在門外。

「換好衣服之後，到那邊的房間。」

等到門完全關上，萊魯換了內衣褲，穿好上衣與長褲。

盡量整理好凌亂的頭髮，然後開門。

另一個房間有餐桌，擺著餐點與飲料。

萊魯想起自己昨天幾乎沒吃東西。胃開始蠕動，發出奇妙的聲音。

「抱……抱歉失禮了……」

萊魯向蒂德莉特道歉。

「粗茶淡飯，不知道是否合王子大人的口味。」

「別……別這麼說，我們平常也吃得很簡陋。」

萊魯慌張說完，連忙坐到餐桌旁。

桌上並排麵包、生菜、蛋料理、煙燻淡水魚等餐點，還有蘋果汁。手邊擺著木製刀叉。

「請慢用。」

蒂德莉特靜靜說完，輕盈坐在正對面的座位。

萊魯點點頭，著手享用料理。

雖然調味清淡，不過因為材料新鮮加上肚子餓了，所以每一道吃起來都美味，萊魯轉眼就一掃而空。

「不夠嗎？」

蒂德莉特問。

「不……不會，很夠了……」

萊魯搖搖頭，謝謝蒂德莉特準備餐點。

「昨晚，在下應該在各方面為您添了麻煩。」

萊魯昏迷之後，應該是蒂德莉特將他抱到這個家，然後讓他躺在床上。

想像自己被這位妖精美女抱過來的樣子，萊魯丟臉到好想打滾。

「雖然迷途的詛咒已經解除，但是這座森林依然是危險的場所。趕快回去吧。」

蒂德莉特面無表情地說。

「這可不行！」

萊魯連忙回答。

「羅德斯如今即將再度進入戰亂時代。弗雷姆新王打破六王會議的誓約，企圖征服羅德斯全島。」

「這我知道……」

蒂德莉特輕聲回答。長長的耳朵稍微下垂。

「弗雷姆軍攻陷亞拉尼亞西邊的城市索格，包圍諾比斯。現在肯定也繼續隔著城牆進行攻防戰。」

「已經開戰了嗎？」

萊魯受到打擊。

「和平終於被打破了。百年歲月對於人類來說夠長了，卻遠比不上誓約所定的千年。」

「都是一個男人的野心害的。」

萊魯的語氣不禁變得粗暴。

「是嗎？」

蒂德莉特冷冷地說。

「在弗雷姆，貴族與騎士，不，即使是人民，內心某處肯定都和新王抱持同樣的想法。他們認為現在的弗雷姆可以統一羅德斯。若要實現千年的和平，讓羅德斯合而為一比較好。」

「或許吧……」

萊魯咬著嘴脣。

如果國內反對的聲浪夠大，弗雷姆王或許早就改變想法。

「可是，征服他國統一羅德斯的做法是錯的。五國必須聯合起來，阻止弗雷姆的暴行。所以我來到這裡。永遠之少女蒂德莉特，請您協助和弗雷姆戰鬥的各國。只要您願意相挺，就可以顯示正義在我們這邊。五國的團結將會變得穩固，羅德斯所有人民也會挺身而出呼應吧。」

萊魯半探出上半身這麼說。

「這我做不到……」

蒂德莉特緩緩搖頭。

原本以為她會樂於答應，所以萊魯非常失望。但是不能只因為這樣就作罷。

「方便告訴在下原因嗎？」

萊魯重新坐回椅子上詢問。

「要說原因的話，因為羅德斯之騎士死了。」
蒂德莉特帶著嘆息回答。
「請問這是什麼意思？潘恩先生不是早就過世了嗎？」
「是的，那個人已經不在這個世界……」
蒂德莉特說著低下頭。
「我內心某處想過，死的時候要和他一起死。因為，那個人總是亂來。」
「潘恩先生當年克服了所有苦難。」
「那是因為有同伴，而且應該是運氣好吧……」
蒂德莉特抬起頭，這次像是懷念古老往事般閉上雙眼。
「大戰終結，羅德斯變得和平之後，我們共度以往無法想像的平穩時光。當時好幸福，我祈禱這樣的時光可以永恆。可是，那個人一年比一年老，晚年甚至再也無法走出這座森林。某天早上，那個人再也沒醒來，安詳前往先走的朋友身邊了。」
「在輪到自己之前，羅德斯之騎士想必度過充實的每一天。雖然這麼說不太好，但在下甚至羨慕他能這樣走完一生。」
即使覺得輕率，萊魯還是率直說出想法。

「那個人離開至今，已經幾年了？我數都不想數。我只知道，那個人不在我身邊的日子，今後也會永遠持續下去……」

蒂德莉特睜開雙眼，指尖撫過桌子的木紋。

「難道說，您在詛咒自己永恆的生命嗎？」

在不安的驅使之下，萊魯忍不住這麼問。

「那個人離世之後，我好一段時間都是這麼想的。不過，現在我反而認為這是祝福。因為我可以永遠記得那個人，也可以像這樣告訴別人。」

蒂德莉特回答之後露出微笑。

聽到這裡，萊魯鬆了口氣。他不希望羅德斯騎士與永遠少女的傳說以悲劇收場。

（對於男人來說，這或許是理想。因為自己心愛的女性會永遠活下去，一直記得自己，還說這樣很幸福。）

聽說妖精或黑妖精和人類不一樣，幾乎不會變心。但也因為這樣，所以在瑪莫，雙方至今依然交惡。

「羅德斯之騎士不在的現在，只能由您來代替他。為了保護羅德斯的和平，請您助我們一臂之力。」

萊魯回到正題，深深低下頭。

「我沒辦法代替那個人。不對，是不該代替。」

蒂德莉特再度搖頭。

「可以的！因為您是羅德斯騎士深愛的永遠少女！」

萊魯抬起頭，探出上半身拚命說服。

「我只不過是陪在那個人的身旁。我因為對他感興趣，所以和他一起旅行。因為那個人戰鬥，所以我也戰鬥。因為我愛他，所以一直和他生活在一起。並不是想要保護羅德斯的和平。」

「意思是羅德斯變成怎樣都沒關係？」

「怎麼可能……」

蒂德莉特的表情瞬間變得嚴厲。但是，很快就化為柔和的表情，像是要摟住什麼般，在胸前張開雙手。

「那個人沒有和我生下孩子。所以，我把那個人心愛的羅德斯，把這座島上的人們當成我的孩子。我當然祈禱和平能夠維持，所以我述說戰爭的愚蠢，那個人以及那個時代的人們多麼辛苦保護這份和平，我以歌唱的形式傳播出去。我認為這是我的職責。不過，要是我獨自出現在人們面前，就等於宣告羅德斯之騎士已經不存在。這麼一來，那個人的傳說將會死去。」

「潘恩先生的傳說會死？」

萊魯復誦蒂德莉特的話語。

只要稍微思考，就可以理解箇中含意。

（不能只有永遠之少女。要有潘恩先生這樣的真正英雄，否則人們不會站起來。）

不過，萊魯不認為現在會恰巧出現這種英雄。

（該怎麼做？）

萊魯來到這裡，成功見到永遠之少女。他不想認為這份努力是徒勞無功。

他拚命思考。

但是想不出任何點子。

萊魯為了尋找線索，試著在腦中回憶羅德斯騎士武勳詩每一段的內容。

潘恩的第一場冒險，是和住在故鄉村莊薩克森附近的赤肌鬼戰鬥。他訴說危險性，想說服村民們並肩作戰，卻沒人挺身而出。逼不得已的他，單獨和好友——法利斯的神官戰士埃特動身討伐。但是赤肌鬼數量比預料的多，潘恩因而重傷到奄奄一息。

在千鈞一髮之際拯救潘恩的，是後來成為同伴的魔法師史雷因與矮人戰士吉姆。

（即使是潘恩先生，也並非一開始就是勇者。）

後來，潘恩和埃特、史雷因、吉姆等三人一同外出旅行，並且和萊魯面前的永遠之少女蒂德莉特、盜賊伍德・傑克相遇。

在那之後，潘恩在命運的引導之下走遍羅德斯各地。雖然一度效力於伐利斯，但他幾乎所有時期都是以自由騎士的身分，依照自己的信念行動。然後他在現在的六個王國都立下無與倫比的功勳，得到「羅德斯之騎士」這個稱號。

（潘恩先生也不是無敵的戰士。）

曾經被抓，也曾經在一對一的時候戰敗。

潘恩能夠成為羅德斯之騎士，是因為他在感受到危機的時候率先挺身而出，努力不懈，並且貫徹始終。

（率先挺身而出需要勇氣。努力不懈需要信念。是否能貫徹始終需要做過才知道……）

就在這個時候，萊魯內心靈光乍現。

「既然這樣，我不是也能成為羅德斯之騎士嗎？」

他自言自語般輕聲說。

說出口之後，心情順利整理到神奇的程度。

「你說的是什麼意思？」

蒂德莉特問。視線如同細劍的劍尖般銳利。

「沒……沒有啦……」

可能惹永遠之少女生氣了。如此心想的萊魯大為慌張。

總之他做個深呼吸，平復內心，然後逐漸說出內心浮現的話語。

「我並不認為自己能代替潘恩先生。只不過，我或許可以繼承那一位的意志。依照傳說，當這座島再度進入戰亂時代，羅德斯之騎士一定會出現。沒有指定是誰，誰都可以，有多少人都沒關係。既然這樣，我也可以自稱羅德斯之騎士，第一個站出來。人們或許會笑我是小丑，不過，肯定有人和我懷抱相同的志向，而且真正的英雄，真正的羅德斯之騎士，會從這些人之中出現。」

蒂德莉特默默聆聽萊魯這段話。

「你有自稱羅德斯騎士的覺悟嗎？這不是嘴上說說這麼簡單啊？」

蒂德莉特平和地詢問。藍色雙眸像是看透心底般注視萊魯。

「有！」

萊魯立刻回答。

「因為我們瑪莫王族懂事之後，首先學到的就是這件事。」

「也對。這半個月來，你為了找我而迷失在這座森林。即使被狼群包圍也毫不畏懼，明顯是要找到我才肯回去。所以，我才決定見你……」

蒂德莉特露出微笑。

自從萊魯進入森林，蒂德莉特就察覺了。

「而且，你給了我想要的答案。這下子我可不能不幫忙吧。」

「咦？」

萊魯不知所措。

「我決定和你一起走。如果我陪著你，肯定派得上一點點用場。」

「絕對不會只有一點點！」

萊魯感動至極，像是頂開椅子般起身，彎腰鞠躬。

「永遠之少女，謝謝您！」

第三章　卡農的內亂

RECORD OF LODOSS WAR

1

諾比斯是亞拉尼亞第二大都市。是交通要衝，街道朝東西南北四個方向延伸。

改建為城塞都市，是三百多年前的事。當時是為了保護都市不被名為「蠻族」的沙漠之民掠奪。後來隨著市區發展，也興建新的城牆。現在要從市中心走到最新城牆的外郭，必須經過三道內郭。

外郭大約是在三十年前完工。是和弗雷姆發生領土問題，兩國關係開始惡化的那時候。

查伊德現在注視著這道外郭。距離相當遠。別說弓箭，連投石機的攻擊都打不中吧。即使在這麼遠的距離，也清楚看得出城牆多高。

「他們以為會有巨人打過來嗎？」

查伊德苦笑低語。

「還不會下令突破城門吧？」

站在查伊德右邊的緹悠拉繃緊表情說。

「但願如此。這道城牆可不是強攻就有勝算。正攻法是包圍都市截斷補給線，不過，那座城塞都市的儲備資源不知道多久才會耗盡……」

「要是變成長期戰，消耗較大的是攻擊的這一方。」

在查伊德背後待命的拉吉布祭司一邊這麼說，一邊往前走到他的左側。

「查伊德！」

此時，葛拉夫從遠處呼叫查伊德。

「怎麼了？」

查伊德等隊長接近之後詢問。

「軍事會議開完了。第二軍在北門與西門，第三軍在南門。我們傭兵隊的任務是在諾比斯東門附近建築堡壘，截斷敵軍來自王都亞蘭的補給。」

葛拉夫面有慍色，大概是沒接受軍事會議的決定吧。

「蓋堡壘……」

查伊德將手放在下顎，思索片刻。

「諾比斯至少有一萬兵力。要是我們遭受強攻會陷入苦戰。亞蘭那邊也可能派援軍過來。」

「到時候第三軍會來支援。也就是要我們撐到他們抵達。」

「或許這反而是札哈大人的目的。應該是想趁著敵軍進攻傭兵隊堡壘，以野戰的方式擊潰吧。」

所以傭兵隊的堡壘，是用來吸引敵人出城的誘餌。

赫文侯爵札哈率領的第三軍以騎兵為主力，在攻城戰沒有活躍的空間。因此才會構思這個作戰吧。

對於赫文侯爵來說，沙漠部族一定要成為弗雷姆軍的核心。

「第三軍會護衛我們直到完成堡壘。這段期間，第二軍肯定在組裝攻城兵器。」

隊長夾雜著嘆息說。

攻城戰早已在預料之中，所以這趟遠征將大量的攻城兵器分解搬運過來。

「第二軍從北側與西側以攻城兵器攻擊。第三軍封鎖南側街道，同時機動支援傭兵隊以及第二隊。大概是這樣嗎？」

「一點都沒錯……」

隊長露出佩服表情。

「這個作戰，你覺得怎麼樣？」

「方向還不錯，不過是否順利端看我軍的默契吧。」

諾比斯市區遼闊。

為了截斷補給，必須封鎖東西南北四方向的街道，不得已只能分散軍團。然而，如果各軍沒能縝密合作，等於是叫敵人各個擊破。

查伊德環視周邊。

諾比斯近郊的土地平緩起伏，農園與樹林交錯分布。大大小小的河流蛇行，小徑細分為數條。

（看起來平坦，但視野頗為受限。）

要是草率認定敵軍會死守城內，或許會掉入意外的陷阱。

「方便派獵兵隊偵查周邊嗎？」

查伊德向隊長提議。

「這個任務，可以交給你指揮嗎？」

隊長咧嘴一笑。

「我喜歡拿劍戰鬥，但是對於軍略一竅不通。」

「知道了……」

查伊德點點頭。

隊長應該是一開始就如此期待吧。

「對我來說，軍學是當成興趣在學的。因為不管去哪裡，我滿腦子都在想要怎麼攻擊或防守。」

感覺聽到像是慘叫的聲音，碧娜因而清醒。

這裡是弗雷姆第二軍主力陣地，希爾特公爵帕亞特的帳篷。現在是包圍諾比斯第七天的夜晚。

油燈的燈火朦朧照亮帳篷內部。

弗雷姆第二軍在諾比斯都市的西門到北門設置複數陣地。主力陣地在西門延伸出來的街道旁邊。

「帕亞特大人……」

碧娜撐起上半身，注視睡在身旁的帕亞特臉孔。

帕亞特眼睛是張開的。

不曾在兩人相處時看過他表情如此嚴肅。

帕亞特默默站起來，穿上衣服。

碧娜幫他穿好之後，自己也穿上衣服。短刀插在腰帶，新月刀拿在手上。

「什麼事？」

帕亞特接近帳篷入口，詢問護衛的騎士。

「好像是敵襲。請您不要出來。」

「大軍嗎？」

「不，人數不多。對方從樹林接近陣地，狙殺哨兵，擊倒篝火，然後點火燒燬攻城兵器。」

「這樣啊……」

帕亞特點點頭。

「派傳令告知各隊別離開崗位。貿然行動會傷到自己人。還有，對方可能會鎖定這裡，暫時禁止任何人接近。不肯離開的人格殺勿論。」

「遵命。」

護衛騎士如此回應。

「森林騎士們從樹林狙擊，趁著混亂放火燒燬攻城兵器。不過，敵人真正的目標是我。前來襲擊的是魔法騎士……」

帕亞特輕聲說。

「您都知道？」

碧娜嚇了一跳。

「三天前，查伊德殿下曾經警告我。他說亞拉尼亞軍可能會打游擊戰。」

「很像哥哥的作風……」

碧娜忍不住笑了。

「大概是已經將這附近調查一遍了。而且肯定摸清對方會怎麼攻打弗雷姆陣地。」

「因為只要打倒我，不只亞拉尼亞，其他國家士氣也會大振。」

帕亞特說完淺淺一笑。

「我會保護您。」

碧娜露出微笑。

在瑪莫王族，女性也會習武。雖然完全比不上姊姊伊莉莎，但是對上弟弟萊魯，依然是可以三戰兩勝的程度。

「真可靠……」

帕亞特笑著點頭。

「但是，妳放心。我也不會那麼輕易被打倒。」

不久，帳篷外面變得不安寧。

傳來警衛騎士們制止某人的聲音，接著響起刺耳的金屬聲響。

看來戰鬥開始了。

不過，帕亞特沒出去。大概是相信警衛騎士們吧。

就在這個時候，背後突然響起爆炸聲，火焰在帳篷深處膨脹。

「火球(Fireball)的魔法……」

熱風迎面而來，碧娜反射性地遮住臉輕聲說。幸好位於入口附近，熱度與衝擊不成威脅。

然而帳篷失火，開始延燒。沒有滅火的餘力。

「帕亞特大人，您沒事嗎？」

警衛騎士以慌張的聲音問。

「沒受傷。不過帳篷開始燃燒。我要出去了。」

「可是還有敵人啊？」

「沒關係。」

「遵命！」

警衛騎士回應之後，帳篷入口開啟。

帕亞特走到外面，碧娜也跟上。

警衛騎士們正在和看似弗雷姆士兵的人們交劍。敵方人數約二十人，手上的劍可能以魔力強化過，發出青白色的光輝。

帕亞特看清狀況之後，毫不猶豫揮劍出擊。

他眨眼之間砍倒一人，砍向第二人。劍身反射耀眼光芒，第三招砍中脖子。敵人發出死前哀號，噴出鮮血倒下。

「好強……」

碧娜比任何人都熟悉帕亞特的身體，所以知道他有在鍛鍊，但是他的劍技高明到遠超過想像。

此時，著火帳篷的暗處衝出一名男性，並且開始詠唱古代語的咒語。男性的視線朝向帕亞特。可能是以火球魔法燒帳篷的魔法師。

「休想！」

碧娜全力跑過去，在咒語將近完成的時候拔出新月刀砍下。

「嘖！」

魔法師中斷咒語閃躲，然後抽出腰間的短劍。看來他也接受過戰士訓練。

（這就是魔法騎士……）

亞拉尼亞曾經有一所名為「賢者之學院」的魔法師公會。亞拉尼亞貴族的子弟在那裡求學，魔法師人才輩出。

這些魔法師組成的就是魔法騎士隊。賢者之學院在英雄戰爭爆發之前毀滅，但是學院出身的魔法師們開設的私塾有數間倖免於難，並且維持至今。

即使只教初階到中階的魔法，魔法騎士們真要說的話也是以武術為主，魔法為輔。不過面前的魔法騎士使用了火球魔法，也就是他的魔法師實力屬於導師級。說不定是這隻襲擊部隊的隊長。

「竟敢阻撓！」

魔法騎士說完就刺出短劍。

碧娜身體迅速轉一圈，往側邊踏一步，帶著離心力的刀鋒朝對方脖子橫砍。

「唔喔！」

魔法師似乎沒料到這一招，勉強以短劍擋下，然後使勁推過來。

碧娜力氣不如人，刀被架開，上半身往後仰。

「死吧！」

男性趁機刺出短劍。

碧娜繼續讓身體大幅往後仰，躲過這一刺。若要比身體的柔軟度，她甚至超越姊姊伊莉莎。劍刃沿著她的臉蛋上緣穿過。

用盡力氣的突刺落空，魔法騎士踉蹌向前。

碧娜一起身就利用反作用力，向下斜劈。

傳來確實的手感，新月刀插入脖根。用力抽回刀刃之後，噴出驚人的血花。

魔法騎士翻白眼向後倒地。

碧娜毫不猶豫將新月刀刀尖插入對方喉頭。姊姊伊莉莎嚴格教導殺人一定要徹底，多虧如此，她的身體幾乎是自動這麼做。

「帕亞特大人！」

碧娜喘口氣轉身一看，戰鬥已經即將結束。

倖存的襲擊者被警衛騎士們包圍，看來甚至沒有反擊的餘力。

「投降吧。」

帕亞特靜靜對他們說。

「願榮光歸亞拉尼亞！」

其中一名倖存者如此大喊，以自己的劍插向喉頭。

其他襲擊者們也接連自盡。

「抱持必死的決心襲擊，真是忠心耿耿……」

帕亞特回到碧娜身旁，視線向下瞥向倒在腳邊的魔法騎士。

「抱歉害妳遭遇危險。」

「不會，為了因應這種狀況，我從小就接受訓練……」

碧娜搖搖頭。

「話說回來，手法真漂亮。亞拉尼亞不容小覷。」

碧娜轉過身去，注視像是要焚燬夜空般熊熊燃燒的帳篷。

「一點都沒錯。要不是得到查伊德殿下的警告，受害程度應該會更嚴重吧。得謝謝他才行。」

帕亞特說完，將手放在碧娜肩膀。

碧娜閉起雙眼，依偎在帕亞特身上——

聽到第二軍主力陣地遭受夜襲的消息，查伊德向葛拉夫隊長獲得許可，從傭兵隊的陣地趕過去。

緹悠拉與拉吉布也一同前往。

第二軍正在為夜襲善後，騎士與兵士們都殺氣騰騰。要不是拉吉布在場，或許會被當成可疑人物逮捕。

查伊德尋找妹妹碧娜的身影。

找了一陣子，他發現妹妹正在從燒燬的帳篷搬行李出來。

「碧娜！」

查伊德跑向妹妹。

「查伊德哥哥！」

碧娜轉過身來，露出驚訝的表情。

「幸好妳平安。」

查伊德鬆了口氣。

「我沒事，只是有點睏。」

碧娜笑著點頭。

查伊德將妹妹從頭到腳檢查一遍。看起來沒受傷，但衣服濺上紅黑色的斑痕。

「這些斑痕是血嗎？」

「是敵人的血。我砍了想對帕亞特大人使用魔法的魔法騎士。」

「做這種危險的事……」

查伊德皺起眉。

「不過，妳做得很好。帕亞特大人要是有什麼三長兩短就糟了。」

就在這個時候，查伊德隔著妹妹的肩頭看見希爾特公爵帕亞特帶著數名護衛騎士接近。

大概是巡視陣地回來了。

帕亞特好像也發現查伊德，快步走過來。

「您平安真是太好了。」

查伊德向希爾特公爵行禮。

「都已經得到你的警告，卻還是這副模樣……」

帕亞特苦笑說。

「包括騎士與兵士，約一百人犧牲。攻城兵器也大多被燒掉。」

「這樣啊……」

查伊德嘆了口氣。

「攻擊開始的時間要延後了。」

沒有攻城兵器就不可能攻下諾比斯。只能就這麼繼續包圍。

「原本就已經覺悟會變成長期戰了。一百年前，弗雷姆攻打這座城市的時候沒有太多時間，因此強行進攻，付出龐大的犧牲。我可不想重蹈覆轍。」

說來意外，帕亞特面不改色地說。

「不過要是拖太久，敵方援軍可能會來。我的母國瑪莫正在進行這方面的準備，和卡農軍會合之後，肯定遲早會前來這裡。」

查伊德對於帕亞特的反應感到疑惑。要是援軍從包圍網後方突襲肯定吃不消。

「卡農與瑪莫應該不會來。」

帕亞特說完看向南方街道。

「為什麼這樣推測？」

查伊德問。

「狄艾斯陛下並不是只派密使到瑪莫……」

帕亞特平淡回答。

「各國的有力貴族，陛下都嘗試拉攏。因為誓約之寶冠的魔力只影響國王。」

「原來如此。」

查伊德點頭回應。

也就是說，各國貴族們不一定都對自己的國王盡忠。恐怕有人已經說好會站在弗雷姆這邊吧。國王與王族、騎士的主從關係原本牢不可破，若是這份關係開始動搖，或許是百年的和平所致。

「反倒是我軍會有援軍前來……」

帕亞特繼續說。

「昨天，狄艾斯陛下派使者過來告知，最新型的攻城兵器已經完成，從布雷德出發。」

「最新型的攻城兵器？那麼昨晚被燒掉的攻城兵器呢？」

「全都是舊型。我帶來的是分解之後閒置已久的類型。如果只看那道城牆，威力或許不足以攻下諾比斯。雖然被燒掉，不過光是得知敵人的手法，就算是功成身退吧。」

「原來如此……」

查伊德不禁苦笑。

「看來用不著我來建言。」

狄艾斯親征恐怕是一開始就決定的事。對上亞拉尼亞的這場仗，最大的難關明顯是如何打下諾比斯。亞拉尼亞強化了諾比斯的城牆，同樣的，弗雷姆也準備了因應之道。

「不，我沒料到魔法騎士不惜抱著必死決心也衝著我來。幸好預先增加警衛騎士。可惜即使如此，還是害得碧娜遇到危險……」

帕亞特聲音平靜，卻感覺得到憤怒。

應該是因為重視妹妹吧。

（幸好希爾特公爵平安無事。）

查伊德由衷這麼想。

這場大戰要是拖太久，不必要的犧牲就會增加。而且為了查伊德心目中的瑪莫未來，希爾特公爵是不可或缺的人物。

2

大地母神瑪法大神殿的白色大理石柱與石壁，在初夏的陽光下耀眼閃亮。神殿後方白龍山脈的連綿高峰，彷彿要咬碎蒼天的利牙。

腳邊的大地像是鋪滿翠綠地毯，各處綻放不知名的花朵。在遠方的斜坡，放牧的山羊群悠閒吃著嫩草。街道兩旁與集落周圍等間隔種植樹木，細針般的葉子蒼綠繁茂。

「此等美景只應天上有……」

瑪莫王家第一王子，也是前皇太子的庫里多出聲感嘆。

庫里多以往也經常從瑪莫出走，造訪羅德斯各地。他很久以前就想來這裡。這個心願終於實現，加上美得超乎預料的光景當前，他感受到靈魂顫抖般的喜悅。

和姊姊羅莎一起從瑪莫出發至今，已經過了一個多月。從溫帝斯借搭商船抵達亞拉尼亞的港市畢爾尼，然後沿著山間的街道上山，來到這座塔巴村。

（好想就這麼爬上白龍山脈，瞻仰傳說中的冰龍布拉姆德。）

庫里多心想。

瑪法教團將布拉姆德的棲息處定為禁區，但是對於以「為所欲為」為教義的暗黑神法拉利斯神官庫里多來說，這種規定不構成任何限制。只不過，庫里多不希望為姊姊羅莎添麻煩。

這位姊姊正在瑪法大神殿，和最高祭司兀兒絲拉談事情。庫里多不可能同席，就這麼獨自在塔巴村近郊眺望風景。

此時，他感覺到後方有人走過來的氣息。

看向該處，一名年輕女孩走在通往神殿的小徑。她身穿純白神官服，但衣服沒繡上瑪法的標誌。或許是見習生，或是在神殿當志工的附近村姑。

「先生是巡禮者嗎？」

女孩走過來，在不遠處暫時停下腳步，然後開口問。

「不，我是陪同主人前來。主人現在在忙，所以我像這樣獨自欣賞景色。」

「這樣啊。看您一個人眺望神殿，我以為發生了什麼事……」

「妳以為我的伴侶過世，所以在擔心我吧？」

庫里多露出微笑。

「恕我冒犯……」

女孩不好意思般點頭。

瑪法是婚姻的守護女神，羅德斯全島都有年輕男女為了獲得祝福造訪此地。男性獨自眺望神殿沉思的模樣，難免令人覺得他是因為伴侶過世而前來這裡悼念。

「不過，或許大同小異吧。這十幾年來，我一直寄情於一位女性。但是這份心意絕對不會實現。」

「請問為什麼？您明明……那個……看起來非常出色。」

神官臉紅詢問。

「能夠得到妳這麼美麗的女性稱讚，我倍感光榮。」

庫里多回應之後注視女孩。看起來是一名純樸的女孩。紅色的頭髮束在後方，鼻頭殘留淺淺的雀斑，年齡大概和小妹碧娜差不多吧。是正要從少女轉變為大人的時期。

「請不要這樣看我……」

女孩慌張般說完，像是逃離庫里多的視線般低下頭。

「恕我失禮了。」

庫里多向女孩道歉。

「不，這不是需要道歉的事……」

女孩連忙抬起頭，然後這次是她主動注視庫里多。

「請問……您還有空嗎？」

女孩稍微猶豫之後詢問。

「嗯，我原本打算在這附近多逛一會兒。」

庫里多回答。

「既然這樣，附近有一座美麗的瀑布，我帶您去吧？」

女孩講得有點快。

「這我務必想欣賞一下。不過，可以嗎？」

「今天的工作是傍晚開始。我甚至正在煩惱這段時間要做什麼。」

女孩開心般點頭說。

「那麼，我就恭敬不如從命了。」

庫里多向女孩行禮致意。

（嚮往戀愛的年紀嗎……）

庫里多已經猜到自己和這名女孩的後續。

不知為何，庫里多經常受到女性主動邀約。

甚至覺得自己擁有邪眼，或是受到某種詛咒。說不定正是這個詛咒害他註定絕對無法和心愛的女性結合。

但是，他不會拒絕女性的邀約。因為暗黑神法拉利斯要信徒忠於自己的慾望。

溫帝斯的瑪法神殿祭司羅莎，和瑪法教團的最高祭司兀兒絲拉面對面。

這裡是最高祭司的私人房間，沒有其他人。最高祭司把所有人支開了。

兀兒絲拉已經年過五十。約三十年前還是棕色的頭髮變得斑白，原本豔麗的肌膚出現皺紋。

她臉上露出苦惱至極的表情。注視著羅莎的臉，不知道嘆氣多少次。

進行制式問候之後，羅莎等待最高祭司開口。

然而，兀兒絲拉遲遲無法說些什麼。

「如果有什麼話想說，請您明說吧。」

不得已，只好由羅莎主動催促。

「意思是要我說出不想說的話嗎？『妮思王妃』。」

兀兒絲拉說完注視羅莎。從她的雙眼看得出畏懼。

羅莎暫時思索該如何回答，然後決定說出真相。

「該說好久不見嗎？三十年前，妳是溫帝斯瑪法神殿的祭司。而且教團賦予妳的任務是監視轉世前的我，也就是瑪莫王妃妮思。」

羅莎露出微笑，大幅張開雙手。

「您繼承傳說之聖女妮斯之名，被期待成為『瑪法之愛女』。然而，您是用來讓破壞女神卡蒂絲復活的『一扇門』，也是亞拉尼亞建國王封印的卡蒂絲教團最高祭司——『亡者之女王』娜妮爾投胎轉世。邪神戰爭是一場爭奪您的戰爭，而且世界差點迎來終結。」

「靈魂是無法選擇的。」

羅莎苦笑說。

「您為什麼轉生？您明明對我說過，您將以史派克國王妃子的身分結束這一生啊？」

「我原本是這麼打算的……」

羅莎瞇細雙眼，喚醒前世的記憶。

「可是，當我即將嚥下最後一口氣的時候，我聽到了聲音。是孫子阿斯蘭的正妃說話的聲音。她正要生下第一胎。但是極度難產，她與孩子都即將無法得救。她說她願意捨棄自己的生命，只希望拯救孩子。然後，我實現了她的心願。」

使用了破壞神卡蒂絲賜予的轉生祕術。

羅莎是在七歲的時候，取回瑪莫王妃妮思時代的記憶。說來諷刺，正是她聽到瑪法女神聲音的瞬間。

原本的嬰孩靈魂至今也沉眠在體內。只要她生下孩子，孩子肯定會繼承這個靈魂。

昔日妮思的母親蕾莉雅體內沉眠著亡者女王娜妮爾的靈魂，母親生產的時候，繼承娜妮爾靈魂誕生的就是妮思。

但是，妮思決定瑪莫國王史派克是她最後的伴侶。所以不想和其他男性上床。

「我昔日敬愛您，因為您是拯救世界的聖女。然而我也同時畏懼您。因為您或許會再度成為亡者之女王。您過世之後，我的心明明終於獲得平穩……」

「對不起……」

羅莎向最高祭司道歉。

「我自己也覺得罪孽深重。但既然已經轉生，那就沒辦法了。不過，只有這點我敢發誓，我絕對不會成為亡者之女王。我以妮思身分活了九十年都沒成為她了。」

「您這番話，我也只能相信了……」

兀兒絲拉以疲憊至極的聲音說。

「謝謝。我打算以瑪法祭司羅莎的身分結束這段人生。所以，今後也請這麼對待我。」

羅莎說完，朝兀兒絲拉行禮致意。

「知道了……」

兀兒絲拉點點頭，挺直背脊。

「那麼溫帝斯祭司，妳此行來到這裡有什麼事？」

最高祭司更改語氣詢問。

「弗雷姆國王狄艾斯引發的大戰明顯是侵略。我認為教團基於立場應該表態反對吧？」

「這邊已經要求弗雷姆國王狄艾斯停止戰爭，但是他沒接受。如果瑪法教團介入戰爭，他好像要消滅教團。」

「消滅瑪法教團？」

羅莎嚇了一跳。

大地姆神瑪法也是羅德斯的守護女神。信徒在六大神之中也是最多的。

（名為狄艾斯的這個男人究竟多麼傲慢？）

羅莎感到憤怒。

「這場大戰，只不過是弗雷姆國王和其他各國國王的權力鬥爭。教團已經在正式會議決定不插手了。」

兀兒絲拉說。

「也就是准許侵略嗎？」

「這是和其他教團聯絡溝通之後決定的。想以個人身分參戰當然是各人自由。只不過，我希望唯獨您務必克制自己。」

「我當然是這麼打算的。因為弟妹們已經以各自的意志開始行動。」

羅莎早就決定要守護他們。

「不過，如果弗雷姆國王開始和各國人民交戰呢？瑪法教團到時候依然不採取行動嗎？」

要是各國人民站起來對抗弗雷姆的侵略，就會成為自衛之戰。瑪法教團以往都認定這是「順應自然」而提供支援。

「我只希望這一刻不會來臨……」

兀兒絲拉難過地回答。

「但是，這場大戰應該不會持續太久，而且肯定以弗雷姆的勝利落幕。薩克森、畢爾尼兩座城市已經決定維持中立。亞拉尼亞北部沒派援軍到諾比斯與亞蘭，而且弗雷姆軍也不會攻打過來。」

「薩克森與畢爾尼？」

「亞拉尼亞北部原本就有強烈的獨立意志，一直和亞拉尼亞國王對立。這件事原本因為塞西爾侯爵治理薩克森而平靜下來，但是侯爵在王都亞蘭離奇死亡之後，薩克森與畢爾尼不接受亞拉尼亞任命的領主，維持半自治體系至今。這場大戰開始的時候，據說也有意見想要站在弗雷姆那邊，卻因為違反自治精神而被駁回。」

兀兒絲拉如此回答。

英雄戰爭時，亞拉尼亞北部向投靠瑪莫的亞拉尼亞篡奪王拉斯塔發動叛變，在某段時期宣布獨立。後來拉斯塔在邪神戰爭被打倒，諾比斯伯爵羅貝斯繼任為亞拉尼亞新王。羅貝斯用盡各種方式要強化對亞拉尼亞北部的統治，結果卻以失敗收場。雖然有名義上的領主，但是領主進不了領地的狀態持續了五十年以上。

「指導亞拉尼亞北部獨立的人，是那位羅德斯之騎士以及大賢者史雷因。他們兩位看到現在的狀況，究竟會怎麼想呢？要是一直選擇苟且的道路，在前方等待的或許是毀滅。」

羅莎說完，再度向最高祭司行禮。

然後她走出房間。

心情好沉重。

（瑪法教團容許弗雷姆國王統一羅德斯。其他教團也抱持相同意見。）

羅莎認為整個羅德斯正以極度現實與政治上的考量行動。

（如果是百年的和平帶來這種結果，何其諷刺。）

戰爭是人類犯下的最大過錯。然而通往這條路的是和平的期間。人類之所以重複上演戰爭，或許是因為忘記和平會導致戰爭。

（若是如此，人類真是罪大惡極的生物。）

羅莎一邊嘆氣，一邊走在懷念的瑪法大神殿走廊。

3

「這是怎麼回事？」

回到瑪莫王國第二都市莎爾瓦德的萊魯皺起眉。

從上空俯瞰，瑪莫王國的軍艦就這麼停泊在港口，市區看得見瑪莫騎士團。

萊魯目前騎著馬鷲獸瑞斗比克在天空飛翔。後座坐著永遠之少女蒂德莉特。

萊魯出發尋找蒂德莉特至今經過了一個多月。

聽說戰爭已經在亞拉尼亞開始。現狀是亞拉尼亞西邊城市索格已經淪陷，諾比斯市被團團包圍。

萊魯原本認為瑪莫軍早已渡海前往卡農。

然而，莎爾瓦德對岸的路德港沒有瑪莫軍艦停泊，萊魯感到疑惑而飛越海峽前來。

他知道成為瑪莫王國新王的二哥艾魯夏個性慎重，但是再怎麼說也太慢行動了。

「降落吧！」

萊魯朝著駕馭獅鷲獸懷特赫多並肩飛行的荷莉朵大喊。荷莉朵的後座坐著諾兒拉。

「嗯。」

荷莉朵點頭回應。

萊魯讓瑞斗比克降落在莎爾瓦德領主傑蘇魯的城館。

即使兩頭魔獸突然降落，城館的騎士與士兵們也沒驚慌。

萊魯解開將身體固定在鞍上的安全帶，先從魔獸背上跳下去，然後朝蒂德莉特伸出手。但她嫣然一笑，自己解開安全帶降落在地面，動作輕盈得像是身體沒有重量。

為了避免引人注意，剛才飛翔的高度很高，但她面不改色享受強風吹拂。相較之下，從瑪莫前往卡農的時候，坐在後座的諾兒拉緊抱著萊魯而且從來沒睜開眼睛，成為明顯的對比。

荷莉朵的懷特赫多也高聲鳴叫降落在地面。萊魯走向獅鷲獸，協助荷莉朵走下魔獸。

「萊魯真貼心！」

荷莉朵開心抱過來。

「大……大哥～～」

接著諾兒拉像是昏迷般摔下來，萊魯接住她。

「還好嗎？」

「人要是從高處摔下來，會在中途就死掉喔。」

大概是處於混亂狀態，諾兒拉語無倫次。

「妳那麼用力抱著荷莉朵，不會摔下去的。」

特製的鞍附有固定身體用的安全帶，萊魯還給她一件施加了落下控制魔法的披風以防萬一。

「我覺得腹部變得緊實了。」

荷莉朵笑著撫摸自己的腹部，但是立刻收起表情。她的手隔著布料抓著某個東西。

「萊魯！」

就在這個時候，身穿黑鱗甲的姊姊伊莉莎出現在中庭。

「伊莉莎姊姊！」

萊魯跑向姊姊。

「看來你完成使命了……」

伊莉莎察覺蒂德莉特在場，露出笑容。

「我找到永遠之少女了。不過得等到羅德斯回復和平，才能說我真的完成使命。」

「也對。」

伊莉莎眯細雙眼點頭。

「話說回來，哥哥在哪裡？」

「艾魯夏陛下在城館裡。」

伊莉莎回答之後，要萊魯跟她走。

萊魯拜託荷莉朵與諾兒拉照顧魔獸，帶著蒂德莉特跟隨姊姊進入城館。

城館裡，穿鎧甲的瑪莫騎士來來往往，氣氛相當慌張，表情也凝重。

（或許發生意料之外的事情了。）

萊魯感到不安。

在伊莉莎的帶領之下，萊魯行經表面凹凸不平的石廊來到一扇門前。身穿漆黑鎧甲的兩名禁衛騎士在門口擔任守衛。

伊莉莎示意要禁衛騎士們開門。

禁衛騎士們各自握住這扇對開門扉的把手，往兩側拉開。

進門之後是一間大廳。深處擺著臨時用的王位。

艾魯夏位於王位附近。他身穿刻著妖精花紋的鎧甲。這是他親自裝飾的。這位哥哥手很巧，生性不排斥需要耐心的工作，所以大部分的東西都是自己製作。不過如果由他製作，全都會成為妖精風格的款式……

而且，在艾魯夏旁邊看得見高階赤肌鬼阿古佐的身影。

「萊『盧』大人！」

阿古佐察覺萊魯入內，扭曲表情跑了過來。雖然看起來只像是一臉苦悶，但這是在高興。

「赤肌鬼？」

「是我的隨從。」

蒂德莉特皺起眉頭。

萊魯笑著回答，撫摸瞇細雙眼注視他的阿古佐臉頰。

「過得好嗎？」

「不瞞您說……」

阿古佐惶恐回答。

「阿古佐過得很好。」

「那太好了。」

萊魯放聲大笑。

然後他轉身看向哥哥艾魯夏。

哥哥看向這裡，像是遭到雷擊般僵住。

哥哥的視線緊盯著站在萊魯身旁的蒂德莉特。對於崇拜妖精的這位哥哥來說，這幅光景應該等於女神降臨吧。

「哥哥！」

萊魯出聲斥責，大步走向哥哥。

蒂德莉特跟著萊魯走過去。

艾魯夏在蒂德莉特走到面前之後，連忙當場跪下。

「永遠之少女蒂德莉特，您願意接受我們的邀請，我由衷感謝。」

哥哥以流利的妖精語說。

「請先起來吧。」

蒂德莉特以為難表情回話。當然是使用共通語。

「你做得很好。」

艾魯夏站起來，朝萊魯露出笑容。

「勉強啦……」

然後萊魯簡單說明他在不歸之森發生的事情。

「你要成為羅德斯之騎士？」

聽完萊魯的敘述，艾魯夏嚇了一跳。

「因為只能這麼做啊。」

萊魯回答之後說明原因。

「原來如此……」

艾魯夏思索片刻，然後深深點頭。

「確實，如果只有永遠之少女現身，人們或許會失望。」

「我想以羅德斯騎士之名號召眾人，集結同伴。」

「也就是要組成自由騎士團吧？」

「嗯。」

萊魯點點頭。

雖然沒想過名稱，但他覺得「自由騎士團」這個名稱還不錯。

「既然自稱羅德斯之騎士，你就不能是瑪莫王子了。今後你不必聽從我的命令。為了保護羅德斯的和平，你就按照自己的信念行動吧。」

哥哥掛著笑容說。

「艾魯夏哥哥……」

萊魯很高興哥哥願意認同他的決定，卻也同時感到寂寞。這麼一來，他的立場會和兩位哥哥相異。

「別露出這種表情。即使你不再是王子，我們是兄弟的事實也不會改變。成為敵人的查伊德也一樣。千萬別忘記啊。」

「我怎麼可能忘記……」

萊魯鼻酸，吸了一聲之後點頭。

「話說回來，哥哥怎麼還待在莎爾瓦德？我以為您早就渡海去卡農了。」

「我是很想這樣啦……」

艾魯夏表情一沉。

「不過我派使者到卡農之後，對方拒絕我們登陸。說什麼不會讓瑪莫的邪惡軍隊進入卡農領土。」

「我們是邪惡軍隊？」

萊魯粗魯大喊。

侮辱也要有個限度才對。

「誓約之寶冠的魔力，肯定能強迫彼此結盟吧？這邊明明要協助，他們為什麼拒絕？」

「卡農好像發生政變的樣子。有力貴族們串通起來，將卡農國王幽禁在王城。」

「幽禁國王？」

萊魯嚇了一跳。

當然，羅德斯以往也因為王國的興亡或王位的繼承而爆發紛爭。但是國王和貴族、騎士的主從關係鮮少被打破。

「不過聽說卡農的國王和貴族們對立……」

卡農在英雄戰爭時被前瑪莫帝國毀滅一次，是後來由歸還王雷歐納復興的王國。

瑪莫帝國占領的時期，卡農的前領主們過著苦難的日子。也有人躲在森林或山野試圖抵抗，但也有許多人忍辱接受瑪莫帝國的統治。雖說在雷歐納國王的努力下解放，但是一度害王國滅亡的王家，令民眾抱持不信任感。加上王族大半被瑪莫帝國殺害，國王的權威絕對不強。結果就是在這一百年來，路德侯爵或巴斯托爾伯爵等有力貴族的發言愈來愈有份量。

「在即將被弗雷姆侵略的這個狀況，居然幽禁國王？」

萊魯感到憤怒。

「誓約之寶冠的魔力，只限於戴上寶冠的國王，不影響底下的貴族與騎士們。大概是卡農的貴族們決定協助弗雷姆吧。」

「那些傢伙真是的！」

萊魯任憑怒火的驅使，用力蹬向地面。腳跟踩碎石地板，噴出小小的碎片。

「宣布要討伐弗雷姆王的，只有戴上誓約之寶冠的國王。大概和我們瑪莫一樣，弗雷姆也派密使拜訪路德侯爵他們吧。在亞拉尼亞，薩克森與畢爾尼等北部區域好像也宣布中立了。」

「弗雷姆征服羅德斯之後，自己會遭到何種待遇，他們明明還不知道啊？」

哥哥查伊德主張應該站在弗雷姆那邊。連這位哥哥都說，即使投靠弗雷姆，也不知道瑪莫王家將來會變得如何。

「大概是認為如果和弗雷姆交戰會失去一切吧。各國都畏懼弗雷姆的強大。或許正因如此，才會想依賴誓約之寶冠的魔力。」

「查伊德說的就是這麼回事嗎……」

查伊德一直擔心五國是否能團結。

萊魯貿然認為有誓約之王冠就沒問題，但是寶冠的魔力沒遍及貴族與騎士，當然也沒遍及到人民。他們可以決定不追隨國王。

「實際上，路德侯爵拒絕瑪莫軍登陸。路德市在海陸兩方面都鞏固防守。」

「和路德侯爵交涉得怎麼樣？」

「這部分交給莎爾瓦德伯爵，但是不太順利。」

莎爾瓦德伯爵傑蘇魯是這座城館原本的主人，家系在瑪莫王國的地位僅次於王家，負責率領海軍，聽說和對岸的港市路德建立良好的關係，由他負責交涉應該是合適的人選。

然而，既然做出幽禁國王的暴行，路德侯爵他們想必不會改變態度。

「弗雷姆正朝著亞拉尼亞、伐利斯與莫斯進軍。明明只有瑪莫與卡農能夠派遣援軍……」

萊魯咬牙切齒。

「一點都沒錯。不過要是強行登陸卡農就等同於侵略。這麼一來，我們和百年前的瑪莫帝國或現在的弗雷姆王國沒有兩樣。」

「或許吧，可是……！」

萊魯搔抓頭髮。

哥哥一向重視條約與法規，萊魯認為這很像他的作風。但要是就這麼袖手旁觀，亞拉尼亞、伐利斯與莫斯會被征服，到時候就來不及了。

萊魯像是求救般轉身看向蒂德莉特。

但是永遠之少女不發一語，搖了搖頭。

（對喔。應該由我來思考與行動……）

因為萊魯已經發誓要成為羅德斯之騎士。

（如果是潘恩先生，他會怎麼做？）

當然會為了打開這個局面挺身而出。當年在瑪莫帝國統治的卡農，羅德斯之騎士協助歸還王雷歐納，完成解放卡農的大業。

「我要去救出卡農國王……」

萊魯重新面向艾魯夏說。他認為這是唯一的方法。

「只要有卡農國王的請求，瑪莫就能出兵吧？」

「再怎麼說也太魯莽了。」

艾魯夏的表情變得嚴厲。

「這我知道。相傳潘恩先生也經常被人說逞強、亂來或魯莽等等。不過既然沒有其他辦法，那也只能這麼做吧？」

「確實……」

艾魯夏夾雜著嘆息點頭，然後將手放在萊魯肩膀。

「既然你這麼決定，那我也阻止不了。你就救出卡農國王，帶他來莎爾瓦德吧。但是不准過於勉強。如果失去生命就會結束一切，但只要還有生命就能等待下一個機會。」

「知道了……」

萊魯用力點頭，和哥哥擁抱。

4

王都卡農不遠處的岩山洞窟裡，萊魯正在保養瑞斗比克所裝的鞍。鞍是木製的，貼上皮革再塞入棉花。要是在飛行時損壞就會沒命，所以保養不可或缺。逐一檢查每個扣具，若有損傷就換新，皮革仔細塗上一層蠟。

從莎爾瓦德飛越海峽來到這裡的兩頭魔獸瑞斗比克與懷特赫多，荷莉朵讓牠們在洞窟深處睡覺。她長時間詠唱像是搖籃曲的古代語咒語，所以萊魯也跟著入睡，其實剛剛才醒來。洞窟外面不知何時變得昏暗。

「快做好了。」

荷莉朵一邊這麼說，一邊攪拌架在火堆上的銅鍋內容物。

洞窟充滿香草的味道。銅鍋周圍插著依照部位分切的野鳥肉串。油脂滴在木柴，不時響起爆油聲。

「這裡是絕佳的藏身處耶。」

萊魯環視洞窟佩服般說。

「在一百年前，這裡是卡農解放騎士團的據點之一喔。」

蒂德莉特一邊為魯特琴調音一邊說明。是她帶領來到這個場所的。

「潘恩先生也來過這裡吧。」

萊魯冒出一陣感慨。

「相傳卡農的歸還王雷歐納是劍術高手，恕我冒昧請問一下，他比潘恩先生強嗎？」

「他們兩人經常交劍切磋，不過潘恩大概五場才贏一場。」

蒂德莉特苦笑說。

「我和伊莉莎姊姊，剛好就是這種差距……」

原來歸還王這麼強。萊魯感到驚訝。

「潘恩也絕對不弱，但是如果只看劍術造詣，當時的羅德斯應該有好幾個戰士比他強……」

蒂德莉特平淡說下去。

「不過，在真正的戰鬥中，那個人判若兩人。雖然是不顧自己生命的亂來戰法，但是魄力驚人，而且揮劍毫不迷惘，所以對方會畏縮。但是那個人最優秀的是能鼓舞同伴。即使局勢不利，也多虧同伴全力奮戰而顛覆劣勢的狀況發生過好幾次。雖然付出不少犧牲，不過曾經和那個人並肩作戰的人們都引以為傲。」

「各方面都好了不起……」

萊魯嘆息了。相關事蹟聽得愈多，愈是懾於羅德斯騎士的偉大。

「你還年輕，不必焦急。因為人類蛻變的速度快得驚人，尤其是懷抱壯志的人類。」

蒂德莉特像是看透萊魯的內心，說出這番話安慰他。

「我會努力上進。」

萊魯乖乖回應。

「我回來了！」

此時，響起諾兒拉的聲音。

然後她小跑步接近過來。

「卡農市區狀況怎麼樣？」

萊魯慰勞諾兒拉之後詢問，接著給她一杯水。

「城外陷入混亂喔。」

諾兒拉一口喝光水之後回答。

「反王國派的軍隊占據王城，可是市民與近郊的村民好像幾乎都是國王派，很多人高喊抗議。」

「即使高喊抗議，也沒採取行動是吧……」

萊魯嘆了口氣。

「還有，卡農的國王陛下好像被幽禁在王城主塔。」

「妳調查得好詳細啊。」

萊魯感到驚訝。

「嘿嘿……」

諾兒拉露出害羞的笑。

「我打扮成女生，將籃子裡的麵包交給城門士兵，請他們獻給國王陛下，然後他們就轉身仰望主塔，所以肯定沒錯。」

「這個方法真聰明。」

萊魯佩服說。

「這是盜賊公會的師父教我的。如果對方是女生，男人會放鬆戒心。不過好像偶爾會有不妙的傢伙，所以得小心才行。」

「不妙的傢伙？」

荷莉朵露出詫異表情詢問萊魯。

「就是有一些不能掉以輕心的男人。」

萊魯知道是怎麼一回事，但他不想向荷莉朵說明，含糊帶過。

荷莉朵一臉無法接受的樣子，但是沒有繼續追問。

「總之，諾拉查出國王幽禁的場所是立了大功。既然在主塔，我們反而容易救他。」

萊魯開朗地說。

「要騎瑞斗比克降落在塔頂對吧？」

荷莉朵順勢這麼說。

「我是很想這麼做啦……」

萊魯試著在腦中想像瑞斗比克在塔頂降落之後的光景。不只是要怎麼做才會成功，思考發生什麼事會造成失敗也很重要，這是哥哥查伊德的教誨。

「不行……」

萊魯立刻搖了搖頭。

「事情恐怕會鬧大，兵士很快就會聚集過來。瑞斗進不了塔，光是我自己沒辦法應付那麼多人。」

萊魯接受過不少訓練，但是劍技完全比不上哥哥，甚至也會輸給最小的姊姊碧娜。

「這樣啊……」

荷莉朵惋惜般嘆氣。

「就算預見失敗，只要思考怎麼避免就好。比方說，想辦法不讓許多士兵聚集過來……」

「萊魯，你好聰明！」

荷莉朵抱了過來。

「這是從查伊德哥哥那裡現學現賣的。每次玩鬥智遊戲輸給他，都會被他念到煩。像是我太早打出絕招，或是應該先用小招試探之類的。」

「說到試探用的小招，是聲東擊西嗎？」

荷莉朵自信缺缺地說。

她也是魔法師，所以姑且學過軍學。但她好像不太喜歡，而且她光是學習成為魔獸使與藥草師就沒有餘力。

「就是這樣吧……」

萊魯同意這個說法。

「在城門引發騷動，引開王城兵士的注意力。」

萊魯試著想到什麼就說什麼。雖然不是妙計，但他覺得堪用。城兵應該沒想過魔獸會從天而降吧。只要監視國王的人力減少，萊魯一個人就能處理。

「要不要由我騎著懷特赫多降落在王城中庭？」

荷莉朵說。

「這樣很危險。會被射擊武器狙擊。」

「對喔……」

荷莉朵低下頭。

「果然還是需要同伴。已經知道卡農市內有人民對國王被幽禁發出憤怒之聲，我用羅德斯騎士的名義號召看看吧。潘恩先生是解放卡農的英雄，肯定有人願意挺身而出。」

5

萊魯站在卡農市區後巷一間不大的酒館前面。旁邊是一臉緊張的諾兒拉。

永遠之少女肯定也陪同前來，但她現在以精靈魔法隱身。看來她有自己的想法。萊魯沒想到她願意一起來，所以光是她在附近就像是吃了一顆定心丸。

當然，萊魯本來想要憑一己之力想辦法。

夜早就深了，但是燈光與人們的怒聲甚至洩漏到店外。

萊魯平復內心之後開門。

桌子雜亂擺放，酒客就這麼站著吃喝。他們的臉都紅通通的，不知道是因為憤怒，因為喝酒，還是油燈的燈光造成的。

酒客們的視線一齊集中在萊魯等人這裡。場中鴉雀無聲，剛才那麼吵雜的氣氛就像是假的。

「什麼嘛，是小毛頭嗎……」

某人不屑地說。

這句話像是暗號，酒館再度變得喧囂。

「要住宿？」

像是酒館老闆的肥胖鬍子臉男性搭話問。

「不，飲料就好。我要葡萄酒跟水，給我弟弟溫牛奶。」

萊魯這麼回答。

「先付錢。十枚銀幣。」

萊魯從懷裡取出布包，將十枚萊丁銀幣放在櫃檯。萊丁銀幣以高品質聞名，在羅德斯全土流通。

老闆露出驚訝的表情。

「你是從哪裡來的？」

「瑪莫。」

萊魯回答老闆。

聽到「瑪莫」這個名字，老闆瞬間皺起眉。卡農人民依然對瑪莫抱持厭惡感。

老闆將萊魯點的東西依序擺在他們面前。

萊魯將葡萄酒倒進酒杯，加水稀釋。

他一邊喝，一邊聆聽酒客們的對話。

對於幽禁國王的貴族們，酒客們相互發洩內心的怒火。還聽到亞拉尼亞西邊城市一天就被攻陷，城塞都市諾比斯已經被包圍的話題。

「在王城值勤的騎士跟兵士們在搞什麼啊！」

響起酒杯扣向桌面的聲音，同時傳來這句話。

萊魯轉身看向聲音來源。

位於該處的是一名相較於眾人還算年輕的男性。看起來接受過武術鍛鍊。穿著打扮也不錯。大概是卡農的騎士吧。

萊魯向諾兒拉使眼神，移動到該名男性那一桌。

「你說得沒錯。」

萊魯向男性說。

「你是怎樣？」

男性露出疑惑表情，而且頻頻打量萊魯。

「我叫萊魯。」

萊魯報上名字，將葡萄酒壺豪邁擺在桌上。

「名字一點都不重要。小毛頭在這種時間做什麼？」

「我在找同伴。」

萊魯如此回答。

「找同伴？」

男性哼笑出聲。

「是要去盜挖遺跡嗎？你落伍了喔。」

「我想做的是救出卡農國王。我需要這樣的同伴。」

萊魯切入核心這麼說。

「你說什麼？」

男性臉色大變。

「開什麼玩笑！如果這麼容易就能救國王出來，我們早就行動了！王城已經完全被孚蘭佩吉伯爵的軍隊占據了啊！」

看來這名男性將萊魯這番話視為挑釁。

「不容易。所以我才要你成為同伴。」

萊魯一臉嚴肅回應怒罵的男性。

「夢話給我說到這裡就好！何況你是什麼人啊？哪裡的見習騎士嗎？」男性問。

萊魯就在等他這麼問。

「我是羅德斯之騎士！」

萊魯挺胸大喊。背部有點發毛。

然後他看向周圍。正如期待，酒客們的視線集中過來。

「羅德斯之騎士？難道你是潘恩先生的子孫？」

「不，我和他非親非故……」

萊魯搖了搖頭。

「因為要成為羅德斯之騎士，不需要這種東西。只需要為了正義挺身而出的勇氣。」

「別逗我笑！區區小鬼做得了什麼？」

「既然這麼說，那你做得了什麼？只會喝酒發牢騷嗎？」

萊魯也一時激動怒罵回嘴。

「你要侮辱我嗎？」

男性的聲音與身體在顫抖。

「把別人說的真話當成侮辱，就代表你對此感到羞恥。我要救出卡農國王，也有救出的計策與手段，但是光靠我一個人做不到，所以我在找同伴，而且愈多愈好。」

萊魯說完，再度環視店內的酒客。

他們默默看著事情演變。但或許只當成小小的餘興節目吧。

「看來要讓你吃點苦頭才懂！」

男性雙手握拳捶向桌面。作工粗糙的桌子劈成兩半，桌上的東西散落在地面。

酒館老闆與酒客們倒抽一口氣。

就在這個時候，響起一個響亮的撥弦聲。

所有人的視線集中到聲音那裡。

萊魯也瞥向該處。

一個嬌小的人影靠著深處牆壁，抱著一把魯特琴。帽緣壓底，整張臉只看得見下巴。

萊魯當然知道那個人是誰。但是其他人看見突然出現又開始彈琴的這個人，似乎感到不知所措。

面前的男性也忘記憤怒，注視這個人。

然後這個人開始唱歌。是羅德斯騎士武勳詩的其中一段。潘恩和歸還王雷歐納初次相遇的場面。

清澈的高音滲入內心。閉上眼睛就覺得聽見潺潺流水聲，看見隨風搖曳的樹葉。

直到唱完這一段，酒館的人們都動也不動。

這個人以手指停止琴弦餘韻，緩緩取下帽子。金色的秀髮彷彿流水滑動，蹦出一對細長的尖耳。

「永遠之少女……」

某人如此低語。

眾人開始嘈雜。他們肯定都是第一次見到蒂德莉特。不過光是看到這個身影，眾人好像都是這麼認為的。

蒂德莉特彈著魯特琴移動，輕盈站到萊魯身旁。

「不可以惹他生氣吧？」

蒂德莉特輕聲說。

「不好意思，我不小心激動起來……」

萊魯感到不好意思。

「不過，那個人在年輕的時候，也經常引起騷動就是了。」

蒂德莉特發出清脆的笑聲。

「你說你叫做萊魯吧？你真的是羅德斯之騎士？」

面前的男性不時瞥向蒂德莉特，並且詢問萊魯。

「我不認為自己是潘恩先生那樣的英雄，即使如此，我還是想保護羅德斯的和平。為此挺身而出的每個人，都是羅德斯之騎士。在和平誓約被撕毀，進入戰亂時代的現在，世上需要羅德斯之騎士。」

萊魯如此回答。

「羅德斯的和平嗎……」

男性嘆出長長的一口氣。

「現在，弗雷姆國王狄艾斯和昔日的瑪莫皇帝貝魯德一樣，企圖征服整個羅德斯。我想粉碎他的野心。為此，另外五國一定要團結一致。可是卡農的貴族們卻幽禁自己的國王，想要加入弗雷姆的陣營。所以我想救出國王，整合卡農。」

萊魯熱血訴說。

「耶坦大人，聽說您的祖先曾經和歸還王與羅德斯之騎士聯手，為了解放卡農而對抗瑪莫帝國是吧？」

在不遠處聆聽對話的老闆笑著插嘴。

「沒錯。我的祖先因為這份功績受封為騎士，在這座城市的郊外獲頒領地。效力於卡農王家的騎士幾乎都是這樣。比起服從瑪莫帝國的那些貴族，我們對王家忠誠得多……」

名為耶坦的騎士露出下定決心的表情。

然後，他向萊魯伸出手。

「好，容我協助吧，羅德斯之騎士。附近有許多向卡農國王誓忠的騎士與兵士，我來號召他們。」

「我們也幫忙吧。因為我們也是卡農的人民，再也不想被其他國家統治了。」

酒館老闆說完拍打耶坦的肩膀。

「這樣就像是百年前的卡農自由軍吧！」

某個酒客這麼說，其他人高聲歡呼。

6

晚風沁涼。

萊魯騎著馬鷲獸瑞斗比克疾馳在夜空。後座坐著諾兒拉。她連同前座的靠背抱住萊魯，而且像是詠唱咒語般念念有詞。

王城就在眼底。

遠方傳來人們的叫喊聲。

卡農市區的人們起義，湧向王城。卡農的騎士耶坦成為中心人物登高一呼，許多人響應他的號召。

人們只是向城兵抗議，沒有戰鬥的意思。

然而對於守衛王城的兵士來說，集結這麼多的群眾應該是一大威脅，用來聲東擊西綽綽有餘。

萊魯將身體固定在鞍上的安全帶。

「諾拉，放開我！」

萊魯對諾兒拉說。

諾兒拉默默點頭，將環抱萊魯的雙手鬆開。

「聽好，我跳下去之後，妳要好好握住這條韁繩喔。之後荷莉朵會操縱瑞斗。」

萊魯叮嚀諾兒拉之後，把韁繩交給她，雙腳離開踏鐙，接著以雙手抓著控制落下的披風邊角，身體逐漸往左傾。

然後萊魯開始倒栽蔥朝地面墜落。速度愈來愈快，但萊魯不覺得恐懼，甚至反而覺得像是成為鳥兒般痛快。

他不是第一次從瑞斗比克身上墜落。

上騎馬課的時候，也會練習落馬的因應方式。萬一在飛行時從瑞斗比克背上摔下去就完了，所以練習過很多次。

第一次的時候會擔心披風魔力沒發動而感到恐懼，不過第二次之後反倒很享受這種練習。現在不只是落下，還學會操縱披風滑翔。

萊魯以古代語對魔法披風下「指令」，一邊調整速度，一邊飛向王城主塔。主塔頂部有兩個手持斧槍的哨兵，但他們的注意力不是朝向空中，而是卡農群眾湧向的城門。

萊魯操作披風，試著降落在他們背後。

主塔頂部附近有一扇小窗，微微透出燈光。卡農國王肯定囚禁在那裡。

萊魯聽卡農騎士耶坦詳細說明過主塔內部。等等降落在塔頂，打倒哨兵，走下螺旋階梯。牢房入口在沿著王塔內側繞一圈之後的平台。解開門鎖救出國王之後立刻回到塔頂，由荷莉朵指示懷特赫多與瑞斗比克降落，一起走空路逃離。以上就是整個作戰的步驟。

萊魯飛近到兩名哨兵背後，在距離兩倍身高的位置消除披風的魔力。這個聲音使得兩名男性轉身。

萊魯單腳跪地成功降落，然後以壓低的姿勢拔出長劍砍向其中一人。祕銀劍刃深深切開男性的下腹部。

男性冒出鮮血與內臟，後仰倒地。

另一人連忙架起武器，但斧槍又重又長。

萊魯迅速衝到對方跟前突刺。

長劍的劍尖從胸鎧下緣滑入軀體，貫穿心臟。抽出劍之後，男性甚至沒發出聲音就倒地。

萊魯發現木製的天窗，將其掀開。牆面各處掛著火把，但是主塔內部很暗。

「怎麼了？」

某人出聲問。大概是獄卒吧。

萊魯沒回應，全速沿著扶手簡陋的螺旋階梯往下跑。和男性四目相對的瞬間，萊魯翻身跳下去，然後以長劍瞄準對方喉頭。

男性應該沒想過下樓的是入侵者吧。甚至沒能做出任何防護動作。

他的喉頭被長劍刺穿，後仰倒在階梯平台。

平台牆面有一扇鐵製的窄門。門上嵌入窺視用的鐵格窗，門把下緣掛著一個大鎖頭。

萊魯摸索守衛的懷裡與腰間，卻沒有像是鑰匙的東西。

（不讓獄卒帶著鑰匙。瑪莫也是這樣。）

萊魯從腰帶加裝的皮製腰包取出金屬製的「鉤針」。這是盜賊使用的工具之一。萊魯原本想當王國的密探，所以學過整套的盜賊技術。雖然不如哥哥艾魯夏，但萊魯也滿聰明的，很快就學會了。

鎖頭又大又堅固，但構造本身看起來單純。戒備森嚴的環境經常使用這種鎖。

「是誰？」

就在這個時候，門後傳來聲音。健壯男性的聲音。

「我叫萊魯，前來救出陛下。」

萊魯一邊繼續開鎖，一邊輕聲回答。

「沒聽過的名字。不是卡農的騎士吧？聲音也很年輕。難道是……瑪莫的王子？」

「我是先王阿斯蘭的第四王子萊魯。不過我現在和王家斷絕關係，自稱羅德斯之騎士。」

光是告知名字，對方就猜中自己的真實身分，萊魯倍感驚訝。

「羅德斯之騎士？」

門後傳來疑惑的聲音。

此時發出「喀喳」的聲音，鎖打開了。

「打擾了。容我入內。」

萊魯打開門，鑽進牢房。

牢房很小，天花板也低。深處牆壁彎曲，有一扇像是夾縫的縱長窗戶。家具只有床以及簡陋的桌子加圓凳。裝排泄物的木桶放在牢房角落。

戴著誓約之寶冠，推測是卡農國王的男性站在桌旁。身上套著青色罩衣，腳上穿著布製長靴。身材偏瘦，及肩的棕色頭髮凌亂不堪，鬍鬚也雜亂留長。雖然看起來上了年紀，但卡農國王肯定還未滿五十歲。

桌面擺著燭台，燭光照亮室內。紙張攤平在桌上，密密麻麻寫滿文字。紙張右側整齊擺著墨水壺與羽毛筆。

「不好意思邋遢成這樣，但我就是卡農國王洛忒爾。」

卡農國王面帶苦笑進行自我介紹。

「魔獸會降落在塔頂，請您騎乘魔獸離開王城。」

萊魯在行禮的同時向國王報告。

「原來如此。你是騎魔獸從空中入侵嗎？所以外面的騷動是聲東擊西吧？」

「是卡農的騎士耶坦先生助我一臂之力。」

「這樣啊。直屬的騎士們願意救我啊。」

萊魯如此回答。

卡農國王不禁笑了。

「卡農的市民們也是！」

萊魯用力點頭。

「拖太久的話，士兵們會來。請盡快出發吧。」

「抱歉，這可不行……」

卡農國王苦笑說。

「咦？」

萊魯嚇了一跳。

他思考過各種失敗的可能性，卻終究沒想到會被國王拒絕。

「請問為什麼？」

萊魯慌張詢問。

「我的嗣子尤克被軟禁在自己房間，我不能扔下他。」

「這……」

萊魯說不出話。

他滿腦子只想救出國王，忘記還有王室家族與繼承人。不過在這種狀況，一般來說會拋棄繼承人，以國王的安全為最優先。因為還有其他人可以繼承王位。

不過，萊魯不敢開口要求卡農國王放棄。

（該怎麼做？）

萊魯腦子變得一片空白。

「不過你費盡心力前來救我，我不回應也有失禮節吧。」

卡農國王自言自語般輕聲說。

然後他開口向萊魯借用腰際那把劍。

「請用。」

雖然不知道卡農國王的意圖，但萊魯連劍鞘也一起交出去。

卡農國王拔劍出鞘，輕輕揮動確認手感。

「那麼，我們走吧。」

卡農國王輕拍萊魯肩膀。

「請問要去哪裡？」

萊魯愕然詢問。

「去救出我的王子。」

卡農國王理所當然般回答。

7

卡農皇太子尤克王子被囚禁在王子的私人房間。王族的居所位於比王位大廳更後方的區域。和主塔相對的另一側。

要前往那裡，必須穿過王位大廳旁邊的走廊。實在是不可能神不知鬼不覺抵達該處。

（再怎麼說也太亂來了。）

萊魯追在卡農國王洛忒爾身後，走下主塔的螺旋階梯，同時在內心低語。

（這下子輪到我了嗎？）

不過，既然演變成這樣，只能和卡農國王同生共死。

萊魯覺得，光是卡農的市民們願意挺身而出，他自稱羅德斯之騎士就有意義可言。但願之後有人繼承他的志向。

直到走出主塔，都沒有遇見任何人。

王城主塔是城牆被突破之後，用來保衛城館的最後堡壘。占據王城的孚蘭佩吉伯爵軍隊，正隔著城門和卡農群眾對峙，所以應該沒有餘力分配士兵到主塔吧。

「聽耶坦先生說，這座王城不是被外力攻陷，而是從內部主動開城？」

萊魯詢問卡農國王。

他是聽耶坦這麼說的，對此感到不可思議。

「路德侯爵、巴斯托爾伯爵等有力貴族率軍包圍王城，逼我退位。所以我答應了。」

「為什麼要答應？王城固若金湯，面對大軍也不會輕易淪陷。肯定也能使用誓約之寶冠的魔力請求援軍。」

這對於萊魯來說匪夷所思。

「一旦開戰，雙方都會付出莫大的犧牲。同胞為什麼要相互廝殺？不覺得很愚蠢嗎？」

「是這樣嗎？」

王位原則上是神聖不可侵犯。如果施行惡政就另當別論，但是貴族們只因為他國即將侵略就交出自己的國王，這麼做不會受到世間的認同。

「路德侯爵他們對我心灰意冷，是因為我缺乏國王的資質。也就是我無德無能。」

卡農國王發出自嘲的笑聲。

（不是因為貴族們不忠不義嗎？）

萊魯如此心想，卻沒有說出口。

因為沒空這麼說了。看得見五名兵士站在走廊深處。王族的居所在更後面的地方。

「洛忒爾國王？」

一名兵士出聲說。

看來他發現接近過來的是本應被幽禁的卡農國王。四人連忙架起手上的槍。

四名槍兵排成一列，擺出槍陣。

應該是士兵長的那名男性，拔劍站在後方。

「怎麼辦？」

萊魯詢問卡農國王。

長劍已經交出去，所以萊魯的武器只有格鬥用的匕首與三把飛刀。

「當然是直接突破。」

卡農國王如此回答，然後開始全速向前跑。

「別……別過來！」

兵士們的表情因為恐懼而僵硬，同時前後移動槍尖。

然而卡農國王沒減速，衝向他們。

「不管了！突刺！」

應該是士兵長的男性，以顫抖的聲音下令。

「喝！」

兵士們吆喝刺出長槍。

然而，卡農國王在槍尖即將貫穿身體時壓低身體，雙腿滑過地板，鑽過槍陣，而且在滑行時向上方揮劍。

四把槍的槍尖散落在地。

卡農國王立刻起身，長劍刺向愣住的四名槍兵。劍尖貫穿肩膀或大腿部位，但是避開要害。

兵士們滾倒在地，痛苦呻吟。

「咿！」

僅存的兵士長倒抽一口氣。

卡農國王將他握劍的整條右手臂砍斷。

「啊啊啊……」

兵士長哭哭啼啼撿起砍斷的右手臂，試著接回去。

「好厲害……」

萊魯驚嘆不已。

何其迅速、犀利又精準的劍招。

（如果我和這一位交手，即使打一百場也迎不了一場。）

萊魯至今所知道的最強戰士是武術師父哈雷庫。然而如果只論劍技，卡農國王肯定勝過哈雷庫吧。

「想保命就別發出聲音啊。敢叫同伴過來，我就毫不留情殺掉你們。」

萊魯警告哀號的兵士們。其實萊魯想給這些人一個痛快，但他尊重卡農國王的意圖。

士兵們連忙壓低音量，頻頻點頭。看來完全喪失鬥志。

「王子在這裡頭。」

卡農國王打開走廊盡頭的一扇門。通路繼續往深處延伸，左側排列好幾扇門。

一名騎士站在其中一扇門前。全副武裝。身穿鎧甲，架著劍與盾。

「可以讓開嗎？」

卡農國王對騎士說。

「主君有令，恕難從命。」

騎士恭敬回答，蓋上頭盔的護面罩。

「這樣啊……」

卡農國王點點頭，一口氣逼近騎士。

然後朝對方臉部犀利突刺。

騎士反射性地舉盾。

然而，卡農國王這記突刺是虛招。他收回劍，閃躲推撞過來的盾，整個人繞過去。

由於盾架在眼前，所以騎士沒看見這個動作，而且蓋上護面罩的頭盔視野狹窄。他或許以為卡農國王突然從面前消失吧。

察覺卡農國王繞過去的騎士連忙要轉向，但是鎧甲很重，實在來不及應對。

卡農國王繞到騎士背後，拉著鎧甲的領子部位，一腳踹向膝窩。

騎士身體驟然失衡，撐不住自身鎧甲的重量，後仰倒下。

說時遲那時快，卡農國王的長劍劍尖滑入騎士護面罩的縫隙。

「你已經完成主君的命令。告訴你的主君，你是被我打倒之後撞到頭部昏迷。」

卡農國王停止出劍，對騎士這麼說。

「……感謝您手下留情。」

騎士微微點頭，不再亂動。

「尤克！」

卡農國王喊一聲之後開門。

「父王！」

大概是已經猜到門外發生某些事，一名年輕人走出房間。

風度翩翩的外型。及肩的頭髮是大波浪的亮金色，身穿染成紅色的短上衣與及膝褲，腳上是染成綠色的皮製涼鞋。雖然鬍鬚剃薄看起來年輕，但應該和哥哥查伊德差不多年齡吧。

「脫離王城吧！」

卡農國王對王子說。

「好的！」

尤克王子笑盈盈點頭，一副「我等這一刻等好久了」的表情。

然後他察覺萊魯。

「你是？」

尤克王子問。

「我叫萊魯。」

萊魯回答之後行禮。

「他曾經是瑪莫的王子，現在是羅德斯之騎士。」

卡農國王笑著介紹萊魯。

「我是卡農的皇太子尤克。」

尤克王子表情不變，向萊魯回禮。

此時，走廊傳來鬧哄哄的聲音。大概是又有士兵過來了。

「快走吧。」

卡農國王說。

來救人的是萊魯，主導權卻完全轉移到卡農國王手中。不過也只能交給他，也覺得交給他就好。

卡農國王帶領兩人，沿著走廊回頭往主塔方向走。穿過沒關上的門，約十名兵士由一名騎士率領接近過來。

「你們兩人到我後面。」

卡農國王說完，握著長劍往前跑。

萊魯與尤克王子並肩跟上。

「你們跑不掉的！」

騎士朝著這邊喊。

「這可難說吧？」

卡農國王回應之後，跑步速度絲毫不減，砍進敵陣。

兵士們刺出長槍迎擊，但卡農國王和剛才一樣滑過地面躲開槍尖，然後衝進對方跟前，自由自在揮動長劍。

兵士們接連哀號倒下。傷勢剝奪戰鬥力卻不會致命。卡農國王就是打得這麼遊刃有餘。

「這究竟是接受過何等訓練啊……」

萊魯愕然低語。

「曾祖父雷歐納是用劍達人。祖父與父王繼承了這套劍術。可以說是卡農王家的家傳絕學。」

尤克王子親切說明。

「你也學了？」

「父王有傳授給我。但我還遠遠比不上就是了。」

尤克王子點頭說。

（就算這樣也比我強吧。）

萊魯嘆了口氣。

就在這個時候，卡農國王打倒最後留下的騎士。他抬腿以長靴踢中下體，對方痛到昏迷。該處是要害所以肯定受到保護，但是攻擊力道應該穿透防護了吧。

殺出血路之後，卡農國王轉身向兩人示意。

萊魯和尤克王子一起跑向國王。

「你們兩人快到主塔頂部。」

卡農國王說。

「塔頂？要怎麼從那裡逃走？」

尤克王子反問。

「萊魯先生是魔獸騎手。」

「可是，沒辦法載三個人……」

萊魯咬著嘴唇搖頭。

他沒想到要救出皇太子。

「我留下來。很快就又有援軍過來吧，必須有人阻止才行。」

「父王！」

尤克王子驚叫。

「那麼，我留下來吧！」

「這麼一來，專程來救你就沒意義了。」

卡農國王笑著說。

「面對貴族們的反亂不戰而退，我將以這個膽小國王的身分死去。誓約之寶冠從現在開始屬於你所有。」

卡農國王取下寶冠，交給尤克王子。

「不可以！」

尤克王子反射性地接過寶冠，卻立刻回過神來，搖了搖頭。

「這是國王的命令！」

卡農國王以威嚴的態度說。

聽到這句話，尤克王子垂頭喪氣般點頭。

「弗雷姆國王展現征服羅德斯的意志時，老實說我覺得我們沒勝算。所以，貴族們起兵造反也是在所難免……」

卡農國王向王子娓娓道來。

「國王是一國之主。國民、國土與生產的物資全部屬於國王所有。因此背負著保護國家，讓國家豐饒的責任與義務。理想的國王應該是無為而治，過著富足的每一天吧。因為如果羅德斯維持和平，卡農各地豐饒又正當治理國民，要這樣度日也無妨。然而現實沒這麼如意。不只是必須防範和他國開戰或是貴族的反亂，也會發生疫病或災害。領主們會過度壓榨，官吏會違法行政。犯罪的人民必須逮捕加以懲罰……」

卡農國王繼續說。

應該是向繼承王位的尤克王子進行最後的建言吧。

「而且，國王最後的職責是死亡。受到他國侵略、貴族造反、國民起義的時候，要以國王的生命做個了結，然後改變體制，由新王進行統治。如果這個國家會變得比現在更好，就應該這麼做。不過，前提是這個國家的人民希望這麼做。」

卡農國王說到這裡，從一旁的小窗子往外看。

萊魯也從另一扇窗看出去。

湧向城門的群眾人數好像增加了。

「一直以來，我沒去聽他們無聲的聲音……」

卡農國王懊悔說完，再度轉身面向尤克王子。

「要怎麼處置那頂寶冠是你的自由。你也可以不戴。但如果你戴上寶冠，繼承卡農的王位，你就要認定自己已經捨棄生命。因為要戰勝弗雷姆不是一件容易的事。」

卡農國王說到這裡，輕拍尤克王子的肩膀。

「王子拜託你了。」

接著也輕拍萊魯的肩膀。

「謹遵您的託付。」

萊魯規矩點頭。

就在這個時候，士兵們上樓出現在王位大廳前面。粗估就有二十人，而且好像還有

後續部隊。

「好，去吧！」

卡農國王說。

「是！」

萊魯向卡農國王敬禮之後轉過身去。

然後讓忍著淚水的尤克王子帶頭，爬上通往主塔塔頂的階梯。

8

萊魯騎乘馬鷲獸瑞斗比克飛上夜空。

後座坐著卡農的皇太子尤克王子。

荷莉朵駕馭的獅鷲獸懷特赫多已經先和諾兒拉一起離開主塔。兩人預定就這麼回到岩山的洞窟。

「會降落在城門前的廣場。」

萊魯對尤克王子說。

拿著方形提燈的人民聚集在城門前面，持續高聲抗議。廣場滿是人群，甚至溢出到相連的街道。

「那麼多人……」

尤克王子發出驚訝的聲音。

「是的。為了救出陛下與殿下，那麼多人願意集結過來。」

萊魯笑著點頭。

然後讓瑞斗比克緩緩朝著廣場中央降落。

「萊魯先生！」

在群眾之中，卡農騎士耶坦大幅揮動手中的火把發送信號。

人們察覺魔獸降落，連忙讓出空間。

萊魯讓瑞斗比克著地之後，解開安全帶跳下來，接著協助王子走下魔獸。

「感謝您將王子……」

耶坦來到萊魯身旁，以感動至極的聲音說。

他背後聚集約十名男性，應該是卡農的騎士。

「卡農的人們啊！羅德斯之騎士救出尤克王子了！」

耶坦放聲大喊。

他的話語經過口耳相傳，響起幾乎要撼動城牆的響亮歡呼。

「話說回來，陛下呢？」

耶坦壓低音量問。

「抱歉……」

萊魯以這兩個字起頭，將王城發生的事情告訴耶坦。

「這樣啊……」

耶坦以嚴肅表情點頭。

「既然陛下希望這麼做，那就不得已了。」

「我想要求孚蘭佩吉伯爵釋放父王。」

尤克王子一說完就走向城門。

耶坦等卡農騎士們帶頭，為尤克王子開路。

萊魯帶著瑞斗比克，跟在尤克王子身後。

「我要和伯爵談談！」

尤克王子站在城門前，向守備城門的兵士們大喊。

等待一陣子之後，年過半百的男性出現在城門上。應該是孚蘭佩吉伯爵。

「可惡的邪惡魔獸騎手！」

應該是孚蘭佩吉伯爵的這名男性，突然臭罵牽著瑞斗比克轠繩的萊魯。

「大逆不道的傢伙沒資格這麼說。」

萊魯不悅回嘴。

「如果你肯釋放父王，我保證會減輕你的罪過。」

尤克王子對伯爵說。

「如果想保住你父親的命，麻煩解散這些民眾吧？」

伯爵高姿態提出要求。

（他沒看見現在的狀況嗎？）

萊魯感到驚訝。

無論怎麼想，他的立場都無法要求什麼。卡農國王要是有什麼三長兩短，卡農的人們應該會暴怒襲擊伯爵的軍隊吧。即使躲在城內死守，面對這麼多人想擋也擋不住。

「人民的要求始終是父王獲得釋放。成功的話自然會解散。」

尤克王子心平氣和繼續說服。

「以為我會相信嗎？」

伯爵嘲笑說。

「我以名譽與生命保證。這裡的民眾都是證人。」

尤克王子說完，周圍的人們紛紛出言同意。

「你什麼都不懂。如果釋放卡農國王，這個國家就會被弗雷姆侵略，成為戰場。會有許多無辜的國民喪命。王子，你當然也不例外。弗雷姆國王只把戴上誓約之寶冠的各國國王視為敵人。卡農國王聰明理解這一點，接受我們的要求。」

伯爵有點激動地說。

「父王剛才自認錯了，說他沒聽眾人的聲音。卡農人民不希望被弗雷姆征服，因此父王也決心和弗雷姆一戰。」

尤克王子如此回應之後，群眾再度出聲同意。

「即使向卡農王家誓忠，也無法保護領地與領民。在英雄戰爭那時候就是這樣，在這場大戰也會這樣。再怎麼試著抵抗，卡農依然會被弗雷姆征服。」

伯爵劇烈揮拳。

「所以你才投靠弗雷姆嗎？」

萊魯忍不住開口。

「你聽過自己領民的聲音嗎？他們希望被弗雷姆統治嗎？你想保護的只有自己的生命跟領地吧？生命當然重要，但人終將一死。正因如此，怎麼活在世間才重要。而且某些東西比生命還重要。這個東西是什麼？因人而異。不過，羅德斯之騎士潘恩先生留下這段話：『將來羅德斯再度迎接戰亂時代的時候，羅德斯之騎士一定會出現。』潘恩先生曾經為了保護羅德斯的和平不斷搏命戰鬥。我已經決定要繼承他的意志。我要打倒撕毀六王會議盟約，擾亂羅德斯和平的弗雷姆國王！」

「邪惡魔獸的騎手要高舉正義的旗幟？」

伯爵情緒激昂，伸手指向萊魯。

「我可沒說我是正義！」

萊魯伸手指回去。

「你剛才承認我要做的事情是正義。換句話說，你自覺正義不在你那邊。而且……」

萊魯說到這裡暫時停頓，撫摸瑞斗比克的脖子。

瑞斗比克開心般鳴叫一聲。

「這隻瑞斗是幻獸。和莫斯的龍一樣。」

雖然是狡辯，但他在局勢不利的時候都會這麼說。說來意外，人們聽到這種說法就會接受。

就在這個時候……

「是國王！」

群眾之中有人大喊。

萊魯反射性地仰望主塔。

卡農國王洛忒爾出現在主塔邊緣。恐怕是被伯爵的部下包圍吧。他的身影在燈光映照之下，以夜空為背景明亮浮現。

卡農國王的肩頭激烈起伏，看來極度疲勞。應該是面對伯爵的部下一直奮戰至今。

「抓住國王！然後帶來這裡！」

伯爵轉身朝著主塔命令部下。

然後重新面向王子。

「我再說一次。如果想救國王的性命，就立刻解散群眾！」

伯爵誇耀勝利般說。

尤克王子露出苦惱的表情。

大概是無論如何都想拯救父親吧。只要他下令，卡農的人們或許會照做，但是民眾的激情也會同時消失吧。

不過，萊魯唯獨在這件事不能插嘴。

周圍的人們也沉默下來，等待尤克王子的決定。

然而，打破這股寂靜的不是王子。

「各位，聽我說！」

卡農國王在主塔上高喊。

「我即位之後，疏於努力博取貴族們的忠誠，不去正視我和他們的對立，而且不聽各位的聲音，不戰就屈服於弗雷姆，接受貴族們的要求。之所以招致這種事態，都要怪我過於怠惰。若要戰勝弗雷姆，其他五國一定要團結一致。為此必須先將我們卡農整合起來。我接下來要為自己贖罪，並且將一切託付給皇太子！」

卡農國王剛說完，就從主塔上方一躍而下。

「父王！」

尤克王子淒厲大喊。

「卡農國王……」

萊魯不禁呻吟。

群眾也一片哀號。

接著，響起重物落地的聲音。

寂靜再度支配全場。

「竟敢將父王……！」

尤克王子發出憤怒的聲音。

「孚蘭佩吉伯爵！只有你不可原諒！」

這是開戰的信號。

「攻破城門！翻越城牆！」

卡農的人們相互吆喝。

萊魯騎乘瑞斗比克飛上夜空。他要從空中擾亂城兵。

防守城門的伯爵部下比想像的還少，而且卡農國王壯烈的死以及壓倒性多數的群眾令他們慌了手腳。

戰鬥的結果顯而易見——

然後在天亮的時候，王城完全被鎮壓了。

有戰意的伯爵部下屈指可數。只要被群眾包圍，所有人都棄械投降。

伯爵自己和親信一起逃進王位大廳抵抗到最後，但是被闖入的耶坦等卡農騎士逮捕，然後帶到王城中庭。

中庭堆放木柴，上面躺著卡農國王洛忒爾的遺體。

孚蘭佩吉伯爵被拖到柴堆前方。

尤克王子站在伯爵背後。他手上握著洛忒爾國王最後使用的劍，也就是萊魯的長劍。

「孚蘭佩吉伯爵犯下反叛君主的滔天大罪。我現在要制裁他的大逆不道！」

尤克王子高聲宣布。

人們聽完歡呼回應。

「我沒犯什麼罪！洛忒爾國王不值得我們效忠。他沒有保護這個國家的志氣與能力，沒有身為國王的資質。所以我們才決定和弗雷姆聯手！」

伯爵大聲這麼說。

（到這種時候還……）

萊魯傻眼了。這個人或許已經失去理智。

「閉嘴！」

尤克王子憤怒大喊，將劍揮下。

一劍砍下伯爵的首級。

雖說是祕銀製作的劍刃，但要以細長的劍砍下首級困難至極。尤克王子的劍技果然非同小可。耶坦撿起伯爵的首級示眾。

人們發出歡呼。

然後堆積的木柴點燃，將卡農國王的遺體火葬。

所有人朝著火焰默哀。

「殿下，請在眾人面前加冕……」

耶坦跪下來向尤克王子建言。

「這裡所有人都希望您這麼做。」

卡農騎士們都跟著耶坦跪下。

「父王明明那麼強，為什麼不戰鬥？」

尤克王子沒立刻回應騎士們，而是轉身詢問萊魯。

「大概是認為最好只有他一個人犧牲吧。」

卡農國王即使對上伯爵的部下，也避免取人性命。應該就是秉持這種信念吧。

「我比父王弱。這樣的我能勝任為王嗎？」

尤克王子繼續詢問。

萊魯理解到他不是變得軟弱，應該是想要下定決心。

「我自稱羅德斯之騎士。我不知道自己是否配得上這個稱號。應該會由別人斷定吧。」

「這樣啊……」

尤克王子點點頭。

「如果我沒有國王的資質，應該連整合卡農都做不到吧。不只如此，也不知道是否打得贏那麼強大的弗雷姆。」

「打不贏就會死，如此而已。」

「說得也是。父王也說過，這是國王最後的職責。也說如果要繼承王位，就要抱持捨棄生命的覺悟。一旦開戰，應該會有許多騎士、兵士與人民喪命。雖然我於心不忍……」

「我認為這份心態很重要。弗雷姆國王狄艾斯應該想都沒想過這種事吧。正因如此，所以正義不在弗雷姆國王那邊。我是這麼認為的。」

「我有同感。這一切都是因為弗雷姆國王懷抱野心。否則貴族們不會造反，父王也不會死。弗雷姆國王才是真正的殺父仇人。」

尤克王子平靜地這麼說。但他選擇的字句傳達出內心的熊熊怒火。

「我要戴上誓約之寶冠。」

尤克王子重新面向騎士們宣布。

「喔喔！」

騎士們表情一亮。

然後尤克王子再度轉身面向萊魯，遞出誓約之寶冠。

「萊魯先生，想請你為我戴上寶冠。」

「由我來？」

萊魯嚇了一跳。

他沒想到自己會扛起這種重責大任。

「你是羅德斯之騎士吧？現在的卡農王國，是我的祖先雷歐納與羅德斯之騎士潘恩先生協力復興的。你正是最適合的人選。」

尤克王子露出微笑。

聽他這麼一說，萊魯不可能拒絕得了。

「知道了……」

萊魯鄭重點頭。

然後，尤克王子朝著火化的父王遺體跪下，萊魯慎重將誓約之寶冠戴在他的頭上。

這一瞬間，集結在此地的人們說出祝福的話語。

卡農的新國王就此誕生——

天已經亮了，但卡農市區依然喧鬧。這種狀況應該會持續好幾天吧。

萊魯離開這樣的卡農，騎著瑞斗比克朝莎爾瓦德飛馳。不遠處的荷莉朵駕馭懷特赫多飛翔，諾兒拉坐在後座。

此行是要向哥哥艾魯夏回報事件的原委。尤克國王親筆寫給瑪莫國王的信也由萊魯保管。內容是卡農向瑪莫要求結盟與協助。

以結果來說正如萊魯的期望。但他心情沉重。因為他感覺自己該對洛忒爾國王的死負責。

「要是我處理得更好，不只是尤克王子，或許也能救出洛忒爾國王……」

萊魯轉頭看著愈來愈遠的卡農王城低語。

後座坐著永遠之少女。她美麗的金髮隨風飄揚。

「或許吧……」

蒂德莉特對他說。

「不過，也可能會錯失良機，以最壞的結果收場。這種事沒人知道。重要的是接下來要怎麼做。因為你已經是羅德斯之騎士了。」

「羅德斯之騎士……」

事到如今，萊魯實際感受到這幾個字的重量。

因為救出尤克王子，所以卡農人民相傳萊魯正是傳說中的羅德斯騎士再世。

「我非常感謝你。因為那個人差點消失在傳說的盡頭，是你喚醒大家記憶裡的這個名字。」

蒂德莉特掛著微笑，朝萊魯伸出手，溫柔撫摸他的臉頰。

萊魯差點掉下眼淚，連忙再度轉回前方。

「不過，只有我一個人是不行的。必須讓大家成為羅德斯之騎士……」

萊魯緊緊握住瑞斗比克的韁繩。

必須這麼做，否則贏不了那個強大的弗雷姆。無法保護羅德斯的和平。

「將親筆信轉交給艾魯夏哥哥之後，我想去薩克森一趟。」

「為什麼？」

蒂德莉特問。

「薩克森是和潘恩先生因緣匪淺的城市。這座城市面對弗雷姆的侵略試著維持中立。我希望薩克森的人們回想起羅德斯騎士的傳說，也希望他們為了拯救諾比斯挺身而出。」

「我覺得，那個人肯定也會這麼想喔。」

蒂德莉特出言同意。

對萊魯來說，她的話語是最好的鼓勵。

（羅德斯騎士之名或許已經復甦。但是，為了使其永垂不朽，和弗雷姆的這場戰爭一定要贏。）

萊魯在內心堅定發誓。

終章

RECORD OF LODOSS WAR

查伊德站在傭兵隊堡壘的瞭望台，眺望諾比斯市。

市區東側看起來風平浪靜。

然而，市區西側連日上演戰鬥。戰鬥的聲音乘著西風規律傳來。

弗雷姆國王狄艾斯在七天前抵達。隔天就組裝好五台新型投石機，開始攻擊諾比斯的城門與城牆。

這種新型投石機，又粗又長的圓木前端有繩索，綁著裝填石彈用的袋子。圓木根部裝上錘子，以錘子的重量抬起圓木，利用投石索的原理發射石彈，射程將近敵方投石機的兩倍。

因此，弗雷姆軍稱之為「巨人的投石索」。

（不過這道城牆就像是用來防備巨人的攻擊……）

就某種意義來說，這個想像成真了。

新型投石機不分晝夜，不斷發射大約五個成人重的巨石。遭受這種攻擊，諾比斯的堅固城牆開始慢慢崩塌，厚重的城門也逐漸損毀。

「亞蘭沒援軍過來耶。」

緹悠拉以愉快的聲音說。

她在瞭望台監視東方。

延伸的街道通往亞拉尼亞的王都亞蘭，不過這幾天沒有任何人經過。

「看來亞拉尼亞不知道，諾比斯淪陷之後就沒有後路。」

拉吉布祭司失望地說。

大概是身為戰神麥理的祭司，希望敵國的國王也是英雄吧。

「北方的薩克森與畢爾尼宣布中立，南方的卡農持續內亂，應該無暇派援軍過來吧。」

查伊德笑著對祭司說。

「可以放輕鬆真棒。」

緹悠拉伸了一個大大的懶腰。

傭兵隊的任務是封鎖東方街道。因為沒有任何人經過，所以沒事可做，頂多就是像這樣輪班站在瞭望台監視。

「查伊德！」

此時，傭兵隊長葛拉夫爬梯子接近過來。

葛拉夫隊長好像把查伊德當成參謀之類的，動不動就來徵詢意見。查伊德當然不會覺得不悅，會絞盡腦汁提供建議。

「有什麼動靜嗎？」

查伊德詢問葛拉夫隊長。

「西方戰場一如往常。還要幾天才能完全破壞城門吧。然後第一軍與第二軍會攻進城內，我們傭兵隊的工作應該是逮捕想逃離諾比斯的亞拉尼亞貴族與騎士。」

外郭的城牆比內郭的城牆高，所以只要占領外郭，就能將攻城兵器運過去，別說內郭的城牆，甚至能攻擊市中心的諾比斯侯爵城館，城市等同於已經淪陷。

「別國的狀況呢？」

查伊德比較在意這方面。

「卡農國王好像死了……」

隊長回答之後，告知卡農發生的事件。

貴族們造反，卡農國王被幽禁在王城，但是他在協助皇太子逃離之後自盡。死亡消息傳開之後，卡農人民一起對造反的貴族起義。成為新王的皇太子藉由民眾的協助攻下孚蘭佩吉市，包圍港市路德。

而且瑪莫海軍從對岸的瑪莫港市出擊。據說他們動用古代王國的「魔艦」，將路德海軍全部殲滅。

（在邪神戰爭的時候，魔艦曾經消滅瑪莫海軍……）

瑪莫王國後來扣押魔艦，當成祕密兵器暗藏備用。

「路德侯爵投降之後，好像選擇自我了斷。孚蘭佩吉與路德被攻下，其他的卡農貴族已經服從新王的樣子。不過聽說只有北方的城塞都市巴斯托爾拒絕投降，關閉城門。」

「卡農國王捨棄生命，或許是想要整合卡農。」

聽說卡農國王洛忒爾在有力貴族造反的時候，戰都沒戰就交出王城。因此查伊德以為他是愚鈍的國王，不過似乎太早下定論了。

「瑪莫國王艾魯夏登陸卡農，和尤克新王結盟。大概會並肩對抗弗雷姆吧。」

葛拉夫隊長說完露出苦笑，但是從表情感覺得到他的從容。因為即使瑪莫與卡農合作，弗雷姆分派到亞拉尼亞這邊的軍隊，無論是人數與裝備都依然勝過兩國。

「現在要拯救亞拉尼亞的話太遲了。巴斯托爾是牢不可破的城塞都市，不會這麼輕易被攻下吧。我軍肯定會先占領亞蘭。」

弗雷姆軍征服亞拉尼亞之後，將會和卡農與瑪莫的聯軍對決。如果和這兩國決戰之後獲勝，征服羅德斯的霸業堪稱完成了一半。

只不過對於查伊德來說，接下來才是真正的戰鬥。他必須維護瑪莫的體制。

「這麼說來，還有一個令人在意的消息。」

葛拉夫隊長像是現在才想起來般說。

「什麼消息？」

查伊德催促他說下去。

「聽說永遠之少女出現在卡農市。和自稱羅德斯之騎士的年輕人一起出現。」

「永遠之少女？羅德斯之騎士？」

查伊德嚇了一跳。

找出永遠之少女並且拉攏，提供這個計策的不是別人，正是查伊德自己。但他沒料到羅德斯之騎士會出現。

「雖說是羅德斯之騎士，但當然不是潘恩先生。」

「那當然吧……」

查伊德露出苦笑。

和永遠之少女不同，羅德斯之騎士潘恩是命有定數的人類。

「所以，那個年輕人叫什麼名字？」

「好像叫做萊魯。」

葛拉夫隊長回答。

（果然……）

查伊德在內心竊笑。甚至想誇獎萊魯說他幹得好。

「說到羅德斯之騎士……」

至今默默聆聽兩人對話的拉吉布祭司插話說。

「先王斯洛魯陛下說過這樣的話。知道狄艾斯大人想統一羅德斯的野心時，陛下說狄艾斯大人不知道真正恐怖的敵人是誰。」

「恐怖的敵人？」

葛拉夫隊長歪過腦袋。

「斯洛魯陛下說，這個敵人就是羅德斯騎士的傳說。但陛下說沒必要告訴狄艾斯大人……」

「狄艾斯陛下聽完這話，大概只會回以『可笑』兩個字。」

葛拉夫隊長笑了。

「應該吧。」

拉吉布祭司也同意。

「不過，我能理解先王陛下為何這麼說……」

查伊德一臉正經地說。

「相傳弗雷姆的建國王卡修陛下，暗自畏懼的正是羅德斯之騎士。我不知道這個傳聞是真是假，只不過，羅德斯之騎士是唯一有權可以反對六王的人物，而且如果他挺身而出，羅德斯的所有人民肯定都會站在他那邊。」

「這是往事吧？羅德斯騎士的傳說，至今依然膾炙人口。不過，潘恩先生已經不在世上，任何人自稱羅德斯之騎士，都只不過是假的。」

「一點都沒錯……」

查伊德朝著葛拉夫隊長點頭。

「不過，前提是不會弄假成真。」

「你覺得會成真？」

緹悠拉介入對話，大概是感到不安吧。

「不知道……」

查伊德笑著搖頭。

「不過，如果變成這樣，那麼對於狄艾斯陛下來說，羅德斯騎士的傳說，肯定會變成最恐怖的敵人。」

而且，這場大戰將會成為弗雷姆國王狄艾斯這位今日英雄，以及羅德斯之騎士潘恩這位昔日英雄的對決吧。

外傳・光與闇的境界

1

無數小樹生長茁壯，如同要覆蓋隱藏燒焦的黑色大地。

是三年前種植的樹。

這些小樹要成為森林得耗費五十年。不過，對於壽命超過千年的森林妖精族來說，這段歲月不成問題。何況賽爾提斯才出生十五年。如果是人類已經算成年人，但是在妖精族眼裡算是孩童。

「醜陋……」

賽爾提斯輕聲說完，朝一棵小樹的樹幹根部揮動柴刀。

這棵小樹的樹枝奇妙扭曲，樹幹冒出好幾顆瘤。樹皮像是長苔般變成紅黑色，樹葉覆蓋像是灰色黴菌的物體。

柴刀砍兩刀之後，小樹晃著枝葉倒地。殘株隨著漆黑液體滲出寄生蟲般的菌絲。

「賽爾提斯！這邊也有！」

一名同伴呼叫他。

賽爾提斯和四名同伴來到這裡。他們的年紀都和賽爾提斯差不多。約二十年前的英雄戰爭中，不只人類，也有許多妖精喪命。所以族裡生育了不少新生命。如同老樹枯死之後要種植新的小樹。

「砍到一棵都不剩吧！然後再種植新的樹苗！」

賽爾提斯大聲回應。

「這個區域果然不行吧？距離闇之森太近了。」

另一名同伴來到賽爾提斯身邊，以疲憊的聲音對他說完，不安般看向東方。

賽爾提斯像是被帶動般，跟著同伴的視線看去。遠方有一座黑漆漆的遼闊森林。是「闇之森」。

聽說是從太古時代就存在於此地的原始森林。

在上一場大戰，這座闇之森約焚燬三分之一。

一支妖精族從羅德斯本島移居過來，要將該處重生為「光之森」。

將古代樹移植到焦土中央做為森林的核心，在周圍種植各種樹苗。

接下來的三年，樹苗成長為小樹。不過，如同賽爾提斯剛才砍倒的小樹，出現闇之森獨特變異的小樹開始增加。這樣下去只會變成協助闇之森重生。

所以，賽爾提斯和同伴們四處砍倒產生變異的小樹，種植新的樹苗。

「要是在這時候放棄，或許連我們的聚落都會被闇之森吞噬。」

「到時候回卡農就好。連瑪莫王國也放棄消滅這座島的黑暗。在這裡，黑暗才是自然。」

同伴夾雜著嘆息說。

聚落的大人們之間，也開始提出這種意見。

不過，這樣就像是敗給闇之森，賽爾提斯心有不甘。森林妖精族培育的應該是閃亮美麗的森林。

「你們在做什麼！」

就在這個時候，不遠處傳來犀利的聲音。

是妖精語，但是有明顯的口音。

「黑妖精……」

賽爾提斯繃緊身體。

黑妖精是居住在闇之森，邪惡的森林妖精族。

然後，一名黑妖精出現在近處。

是少女。

雖然不知道黑妖精的成長速度，不過看起來比這邊年輕很多。

不久之後又出現兩人，不過都是和少女差不多年紀的少年。這麼說來，聽說成年黑妖精在上一場大戰敗北的時候逃離了這座島。

留下來的孩子們將低階妖魔組織起來反抗瑪莫王國，最後卻還是服從王國了。但這是因為瑪莫王國選擇了和島上黑暗共存的道路。

羅德斯的人們口耳相傳說，敗北的其實是瑪莫王國。賽爾提斯也認為正是如此。

「砍倒變異小樹的是你們嗎？」

少女問。

「是的話又怎麼樣？」

賽爾提斯施壓回應。

「你們知道這樣違反瑪莫王國的布告嗎？」

少女這麼說，並且大步接近。

「我們妖精族享有瑪莫王國給予的自治權！」

「我們黑妖精族也一樣。不過，我們遵從瑪莫王國的規定，所以容許你們種植樹苗。不過要是培育的小樹出現變異，該處就是闇之森，歸為黑妖精的土地。禁止任何人阻止樹木自然變異。莉芙大人肯定警告過很多次。」

「半妖精說什麼都不關我們的事。」

賽爾提斯哼笑回應。

賽爾提斯知道，名為莉芙的半妖精女性常常前往他們的聚落，說服他們和黑妖精共存。該名女性是瑪莫國王的好友，卻住在黑妖精的聚落以維持友好關係。

相對的，黑妖精的女族長常駐在王都溫帝斯的王城溫得雷司特。

就像是交換人質那樣。

「如果不依照瑪莫王國的裁定，那就滾出這座島！」

黑妖精少女尖聲怒罵，指向這裡。

賽爾提斯感到憤怒。

「該滾出去的是你們吧！」

他抽出掛在腰際護身用的短劍高舉，藉以威嚇對方。

兩名黑妖精少年見狀向後跳了好幾步，擺出防備姿勢。他們的腰帶插著匕首，卻沒要拔出來。

另一方面，面前的少女朝賽爾提斯手握的短劍一瞥，但是沒當場做出任何行動。

「你敢動手就試試看啊！要是傷到我就會挑起戰端，而且錯在你們那裡。包括妖魔、人類與魔獸，闇之森的居民全會把你們視為敵人，而且瑪莫王國也不會保護違反布告的你們！」

少女挑釁地說。

「好，我就試給妳看！」

氣頭上的賽爾提斯，朝少女揮下短劍。

然後短劍的劍尖淺淺劃傷黑妖精少女的額頭。

「咦？」

這一瞬間，賽爾提斯腦中一片空白。

他沒有傷害少女的意思。

畢竟他不認為短劍砍得中，也認為少女會閃躲。

「賽爾提斯！」

不知何時聚集過來的同伴們驚叫出聲。

「繆妮兒！」

黑妖精少年們也放聲大喊。大概是這名少女的名字吧。

少女額頭出現一道傷口，流出黑色的血。

她也是一副不知道發生什麼事的表情。然而血即將流進眼睛，她連忙按住傷口。

「竟敢……！」

黑妖精少年們雙手交叉，大概是要召喚精靈。如果以魔法交戰，黑妖精占上風。因為這種邪惡的森林妖精擁有強大的魔法抗性。

「賽爾提斯！撤退吧！」

同伴們慌張地說。

還用力拉他的手臂。

「啊，嗯……」

賽爾提斯回過神來，轉身背對黑妖精。

然後他開始奔跑，腿卻不太聽使喚。好幾次差點跌倒的賽爾提斯，在同伴們的攙扶之下離開現場。

2

瑪莫王國王城溫得雷司特的王位大廳，正舉辦一場小小的宴會。桌子搬進大廳，擺放料理與飲料。

以騎士團長身分，在國王史派克不在的期間保護這座島的「羅德斯之騎士」潘恩即將卸任，為了送別而辦了這場宴會。

羅德斯之騎士預定和「永遠之少女」蒂德莉特回到不歸之森的祕密住家。

出席宴會的人不到二十名。國王史派克、王妃妮思、宮廷魔法師兼宰相史雷因及其夫人蕾莉雅，除此之外，就是私下和潘恩交情甚篤的人們。

原本想要舉國歡送，但潘恩希望這樣就好。他曾經是瑪莫國王代理的事實，也沒有留下公開紀錄。這是為了避免在史派克今後的統治留下影響。

「真的是感激不盡……」

史派克和潘恩用力握手，對他這麼說。

感覺到像是被單獨留下來的落寞。

史派克從小就崇拜潘恩，認為他的處世方式正是騎士的典範。

然而，史派克自己不是騎士，是一國之君。

「老實說，我希望您就這麼留在瑪莫。因為這個國家剛誕生，現狀距離安定還很遠。」

「這可不是我的工作……」

潘恩握完手之後，就這麼將手放在史派克肩膀。

「史派克國王，瑪莫的國王是你。你發誓要包容這座島的黑暗，建立新的國家。容我在不歸之森見證你履行這個承諾吧。」

「要是我被黑暗污染，即將危害羅德斯，請您不用客氣前來消滅我。」

史派克一臉正經地說。

世人期待瑪莫王國能清除前瑪莫帝國的黑暗。

然而，史派克決定將這份黑暗納入王國。當然受到許多批判，潘恩真要說的話也抱持懷疑態度。

但是，無論是黑妖精還是法拉利斯的信徒，並不是一味鎮壓就好。只要他們守法，就認同他們是國民。然而為了讓黑暗服從，王國本身非得變強才行，也必須公平治國。

用說的很簡單，實際做起來卻很難。或許總有一天會被黑暗拉攏，成為昔日的瑪莫帝國。到那個時候，這個國家就應該滅亡。站在最前面領導眾人，就是羅德斯之騎士被賦予的原本職責。

「我相信不會變成這樣。」

潘恩笑著點頭。

就在這個時候，大廳的門打開了。

「造成危害的元凶，可不一定是黑暗喔！」

走進大廳的共兩人。

其中一人如此尖聲大喊。

是身材嬌瘦的年輕女性。身穿下襬很短的無袖衣服，修長的四肢令人印象深刻。貓一般的雙眼，小小的鼻子與嘴，細長的尖耳。是妖精族的特徵。

她是半妖精，叫做莉芙。從上一場大戰就是史派克的同伴，也是好友。

史派克落入終焉的那段期間，她成長了不少。個子長高，看起來已經不像孩子，胸部與腰部也稍微變得豐滿。

「請准我出戰！」

另一人克制憤怒這麼說。

同樣是妖精族。皮膚是久經日曬般的褐色，頭髮是銀白色。

她叫做潔妮雅。雖然還年輕，卻是黑妖精族的族長。

「莉芙？以及潔妮雅族長？」

史派克對兩人說。

兩人大概是在門外聽到史派克的話語吧。不是史派克聲音太大，是她們的聽覺敏銳。

莉芙獲得「國王的好友」這個稱號，目前住在闇之森的黑妖精聚落。除了負責監視黑妖精，自己也是人質。不過這座島上的黑妖精都是孩子，她反倒變成像是監護人的立場。

潔妮雅則是以妖魔兵團團長的身分，住在這座王城。要是妖魔引發問題就由她解決。

「發生了什麼事嗎？」

史派克詢問兩人。

「老樣子。搬到光之森的年輕妖精進入闇之森到處跑，只把逐漸變異的樹苗拔除。」

潔妮雅以嚴厲的表情回答。

「又來了嗎……」

史派克皺起眉。

「光之森」位於闇之森西側。昔日是闇之森的一部分，但是在瑪莫帝國滅亡的時候焚燬。

一支妖精族從卡農移居到該處，試著讓那一帶重生為普通的森林。移植古代樹做為森林的核心，種植各種樹木的樹苗培育。

然而，在靠近闇之森的場所，逐漸茁壯的小樹出現和闇之森樹木相同的變異。闇之森試著自我再生。瑪莫王國發出布告，成為闇之森的區域屬於黑妖精的土地。

然而妖精們不服，砍伐變異的小樹，種植新的樹苗。

這明顯違反規定。瑪莫王國警告過很多次，要他們遵照決定。

但是，年輕的妖精們至今依然繼續植樹。

精靈希望闇之森和黑妖精一起滅亡，主張他們就是為此受邀前來，也批判瑪莫王國和黑妖精和解是背叛的行為。

史派克成為國王的當初想要驅逐黑暗，這是事實。

光是這個原因，態度就不方便過於強勢。

請莉芙去闇之森，是為了鞏固和黑妖精的合作關係，不過也拜託她擔任黑妖精與妖精的和事佬。

「抱歉辛苦妳了。」

史派克向莉芙道歉。

「一點都沒錯！」

莉芙再度尖聲大喊。看來她累積許多不滿。

「前幾天，妖精與黑妖精在境界附近相遇，起了糾紛。這邊有一人被妖精砍傷。我們基於立場，可不能就這麼默不作聲。」

潔妮雅以平淡語氣這麼說，不過這是為了克制內心的憤怒吧。

「也就是事態嚴重嗎……」

史派克不禁呻吟。

要是妖精和黑妖精開戰，或許會以此為契機，發展成將這座島分成光闇兩邊的大亂。

史派克剛剛才接受潘恩的激勵，不過瑪莫的統治有許多問題要解決。

「要讓妖精與黑妖精共存是不可能的。」

至今在大廳一角靜靜彈奏魯特琴的女性這麼說，同時輕盈起身。

她也是妖精。彷彿金線束成的長髮以及新雪般的潔白肌膚，就像是會自己發光般閃亮。瘦長的臉蛋，長長的眼角，耳朵尖如竹葉。

她是蒂德莉特。古代的高等妖精。是羅德斯騎士的伴侶，被稱為「永遠之少女」。

「所以說，該怎麼做？」

潔妮雅以犀利視線看向蒂德莉特。

「應該定下境界。」

蒂德莉特像是反彈潔妮雅的視線般果斷地說。

「境界已經定好了！可是因為沒遵守，才會引發騷動！」

潔妮雅加重語氣。

「只能架設不會被打破的境界。如同我故鄉昔日的做法。」

蒂德莉特視線投向遠方，似乎要回憶某些往事。

「意思是要架設森之精靈王的結界嗎？」

「我覺得別無他法。」

潔妮雅問完，蒂德莉特點點頭。

「人類就算了，結界影響不到我們森之妖精。」

潔妮雅冷冷地說。

「這是一般的狀況……」

蒂德莉特賣關子般笑了。

「我從以前就在意妖精與黑妖精的對立。原本希望由時間解決就好，不過看起來果然行不通。」

蒂德莉特繼續這麼說，然後轉身面向史派克。

「這個問題，可以交給我處理嗎？不知道結果是否能讓史派克國王滿意就是了。」

3

史派克將王都委由王妃妮思與宰相史雷因留守，前往闇之森的黑妖精聚落。

此行由潘恩、蒂德莉特、潔妮雅與莉芙陪同。護衛的騎士或兵士連一人都沒帶。這次的問題，史派克希望不靠武力解決。

這次是久違進入黑妖精的聚落。

聚落的氣氛肅殺到連皮膚都感受得到。

大概是這次的事件使得他們對妖精的不滿達到極限吧。無法抑制妖精的瑪莫王國肯定也讓他們累積不滿。要是對應有誤，黑妖精們或許會斷絕和王國的合作關係。

「她是繆妮兒。」

潔妮雅介紹的是一名少女。和妖精起衝突而受傷的就是她。

少女默默向史派克行禮。看起來明顯在警戒。額頭留著一道明顯的刀傷。

史派克向少女詢問和妖精起衝突時的詳細狀況。

「……怎麼想都是妖精那邊的錯。」

聽完繆妮兒說明之後，史派克嘆了口氣。

無視於瑪莫王國命令的只有妖精族，當時拔出武器的也只有妖精族。

「若要判斷是非，必須也聽妖精他們那邊的說詞再判斷。」

潘恩溫和地說。

「當然。」

史派克點點頭。

「那麼，可以帶我們到這座森林的古代樹嗎？」

蒂德莉特對潔妮雅說。

「是闇之古代樹耶？身為高等妖精的妳接近那裡，真的可以嗎？」

「雖說確實同樣是森之妖精，但我的故鄉和你們的故鄉不一樣。我的故鄉和不歸之森相連。」

蒂德莉特環視周圍的樹木說。

「我是在人界出生，無法回到妖精界。」

潔妮雅變得悵然若失。

「只有古代妖精做得到這種事喔。混血的我講這種話很奇怪就是了。」

莉芙像是自嘲般說。

據說妖精是在太古爆發的「諸神大戰」時，被召喚到這個物質界。

在大戰後的荒廢期，一些妖精族選擇留在物質界。在物質界住久了，妖精們逐漸變得近似人類。

「妖精界連結物質界與精靈界。據說這個世界的精靈力，是仰賴妖精界的經營才能正常運作。豐饒的森林得以孕育，肥沃的草原得以擴張，都是多虧妖精界。待在故鄉的時候，我一直以為妖精比人類更接近精靈……」

蒂德莉特這麼說，然後看向潘恩。

「不過，來到人類的世界之後，我覺得實際上有點不同。」

「怎樣的不同？」

潔妮雅問。

看起來像是賭氣緊咬不放。大概是對於高等妖精蒂德莉特抱持對抗的心態吧。

「這個世界充滿無數的生命與意志，是誕生這個世界的『始源巨人』的心願。因為據說巨人為永遠的孤獨嘆息、哀傷、憤怒，而且死去。」

蒂德莉特的聲音好悅耳，即使沒有彈奏樂器，也彷彿乘載著美麗的旋律。

「人類與妖精，說不定包括精靈，都各自抱持不同的想法，這是天經地義的事。是這個意思吧？」

潘恩朝蒂德莉特點頭。

「所以才會產生紛爭……」

史派克嘆了口氣。

想法不同，價值觀也不同。這就成為紛爭的源頭。

「承認彼此的不同確實很難。不過，至少我曾經和矮人相互理解。畢竟我心愛的對象也是人類……」

蒂德莉特輕聲一笑，轉身面向潔妮雅。

「或許總有一天，我也可以和黑妖精和平相處。不過現在應該還辦不到吧。」

「這種事是彼此彼此！」

潔妮雅沒好氣地說。

「我們光是來到黑妖精的聚落就夠驚人了。對於我們來說，黑妖精是最恐怖的敵人。」

潘恩深有所感般說。

「統治這個世界的是人類。我們妖精只不過屈居在世界的一角度日。所以總是建立合作關係至今。」

潔妮雅輕聲說。

「瑪莫王國也是這麼希望的。正因如此，我想好好解決這次的問題。」

「但你明明完全扔給蒂德姊姊處理啊？」

莉芙立刻消遣史派克。

「並不是所有問題都能靠國王一個人解決吧！這叫做量才錄用。」

「史派克的『才』是……」

莉芙裝模作樣思索。

「我這麼無才真抱歉啊！」

史派克怒罵說。

這名半妖精少女，就某方面來說是藉由捉弄史派克求得人生價值。這好像是所謂的「打是情罵是愛」，但史派克實在不這麼認為。

「不好意思，也要請妳幫忙喔。說不定，主角反倒是妳。」

蒂德莉特向莉芙投以微笑。

「咦？」

莉芙表情緊繃。看來她冒出不祥的預感。

「要我幫忙，究竟是幫什麼忙……」

「請妳一起去常闇之苗床，和古代樹與闇之森的精靈王見面。」

「咦咦？」

莉芙發出近乎哀號的聲音。

「妳是優秀的精靈使吧？」

「我確實是精靈使，不過真要說的話，我擅長的是精神之精靈。」

「樹木之少女朵莉雅德是樹木的精靈，也是司掌迷魅的精神精靈。森之王延特的結界也是作用於人的內心。換句話說，是妳擅長的精神之精靈喔。」

蒂德莉特這麼說，同時以指尖按住莉芙額頭。

「嗚……」

莉芙發出奇妙的呻吟。

「我有個優秀的好友耶。」

史派克滿臉笑嘻嘻的。

「總覺得好火大。」

莉芙瞪向史派克。

「我不知道妳想做什麼，不過……」

潔妮雅朝蒂德莉特投以不信任的眼神。

「無論如何，我都不准妳用任何方式傷害古代樹。」

「雖然養育的森林不同，但我也是森之妖精。這一點我可以保證。」

蒂德莉特掛著微笑，向黑妖精族長點頭。

「我賭上羅德斯騎士之名以及自己的生命，保證絕對不會這麼做……」

潘恩對潔妮雅說。

「只不過，我完全不知道蒂德想做什麼。」

潘恩接著這麼說，爽朗一笑。

「就算對我露出這種表情……」

潔妮雅皺起眉。

「不過，我就相信你這份盲目的信賴吧。」

「我覺得率直相信蒂德姊姊就可以了。」

莉芙傻眼地說。

4

「常闇之苗床」不在黑妖精的聚落，而是在名為「納格．亞拉」，生活在闇之森的小型人類部族聚落。

從巨樹的「窟窿」進入，深入地底再走到盡頭，培育闇之森的古代樹就「埋」在那裡。據說古代樹的樹根遍佈整座森林的地底，和闇之森的所有樹木相連。

史派克和卡蒂絲教團戰鬥的時候，請這支小部族加入陣營。部族答應加入的條件，是要史派克前往常闇之苗床接受某個考驗。

史派克成功之後，這支小部族承認他是瑪莫之王。

納格．亞拉的族長去年過世之後，由名為朵妮亞的女咒術師繼任，但她好像還沒通過考驗，因此史派克在名義上也是這支小部族的領導者。

「常闇之苗床」也是闇之精靈聚集的場所。

要穿過該處抵達目的地，必須承受闇之精靈給予的恐怖。這段路程就是考驗。

史派克先前撐得下來，並不是因為他大膽，而是他早就知道真正的恐怖。

這次前往苗床的是蒂德莉特、莉芙與潔妮雅三人。她們是精靈使，應該沒問題。

「永遠之少女打算做什麼？」

在窟窿底部等待的史派克問。

「大概是要進入精靈界吧……」

潘恩以嚴肅表情回答。

「蒂德莉特曾經在風之塔進入風之精靈界，見到風之精靈王——珍。」

看來只能等待她們回來。史派克是崇拜炎之精靈王伊夫利特的炎之部族族長，但他自己沒有精靈使的素養。

經過相當長的一段時間，蒂德莉特她們回來了。

雖然一副疲憊不堪的樣子，但三人看起來都平安無事。

史派克放下心中的大石頭。

「發生了什麼事？」

莉芙蹣跚接近，史派克一邊扶她一邊問。

「蒂德姊姊把事情全部扔給我……」

莉芙以茫然若失的聲音說。

「我和司掌森林黑暗的精靈王締結盟約。我染上黑暗了。說不定皮膚遲早會變黑？」

「沒關係，自從我認識妳，妳就一直滿黑的。」

「關係可大了！我為什麼會跟這種傢伙當好友啊？」

莉芙嘆氣說。

「謝謝妳。」

史派克輕輕摟住莉芙，拍拍她的背慰勞她。

「嗚……」

莉芙將額頭靠在史派克的胸口。

「莉芙真的很優秀。可以放心交給她。」

蒂德莉特滿意地說。

潔妮雅傻眼般注視這樣的她。

看她們的樣子，大致猜得到在精靈界發生什麼事。

然後一行人從黑妖精的聚落出發，移動到事發的闇之森西側邊界。也帶著名為繆妮兒的少女。

從這裡再往前的森林，在上一場大戰的火災中焚燬。地面燒得焦黑，化為黑炭的樹木像是墓碑般矗立。進軍闇之森的羅德斯聯軍，許多兵士被火勢殃及而喪命。

如今整片焦土進行植樹計畫，培育出大約史派克一半高的小樹。然而這一帶的樹木軀幹扭曲，樹皮浮現無數的瘤。這是闇之森樹木特有的變異。

「原來如此，闇之森正在逐漸再生。」

史派克點點頭。

「變異的比例愈往西走愈低，是妖精所移植古代樹的影響。」

潔妮雅不甘心般這麼說。

這一帶原本是闇之森。她大概認為光之森才是侵蝕的一方吧。

「在森林放火的是黑妖精吧？而且是用伊夫利特的破壞之火。我覺得這等同於放棄土地吧？」

蒂德莉特嘆了口氣。

她也曾經燒燬被魔法生物入侵的森林。不過那是菲尼克斯的淨化與再生之火。

「所以，我們沒有妨礙精靈植樹。不過，砍伐變異的樹木重新種樹，是違反王國布告的行為。」

「這個區域是闇之精靈力比較強，生長為闇之森應該是自然的演變吧……」

蒂德莉特單腳跪地，手心按住大地這麼說。

「再往西走吧。走到光與闇之精靈力處於均衡的地方，以結界封鎖那一帶，設為闇之森與光之森的境界。」

「拜託您了。」

史派克向蒂德莉特行禮。

「不過真正動手的是我……」

莉芙嘀咕說。

「說得也是……」

史派克也向莉芙低頭致意。

「其實最好不要有什麼境界就是了。」

莉芙嘆了口氣。

「我有同感，但總比發生紛爭好。」

不只是土地，人們對所有事物都會畫下境界。種族、人種、性別、年齡、出身地，甚至連信仰或嗜好都會有所區別，訂定優劣。

要讓彼此融和真的是一件難事。王都溫帝斯就有各式各樣的對立。

「暗黑神法拉利斯司掌自由與平等。在完全的黑暗之下，不存在境界之類的東西。」

潔妮雅挖苦般說。

「確實，境界是由至高神法利斯司掌的。」

史派克點點頭。

就某方面來說，「秩序」是定下境界的行為。沒這麼做就無法治理國家。在昔日的瑪莫帝國，擁有力量的一方恣意支配沒有力量的一方。這種階級關係簡單明瞭，但是史派克認為，讓沒有力量的一方可以安心生活，才是正確的統治。

後來，一行人在茂密的矮樹林裡沿著小徑往西走。

蒂德莉特不時停下腳步，感應精靈力。

重複這種行動不久之後，她點了點頭。

「看來在這附近，闇與光之森剛好相互抗衡的樣子。」

蒂德莉特觸摸小樹說。

「要把這裡定為境界嗎？」

史派克問。

「不介意嗎？」

蒂德莉特轉身徵詢潔妮雅是否同意。

「設下結界之後，妖精就進不來吧？」

「黑妖精也不例外就是了。」

「沒關係。小樹不會被拔除就好。只要順其自然培育，闇之森會勝利。」

「也得和妖精們談談才行。請他們過來這裡吧。」

蒂德莉特說完召喚風之精靈。

然後她朝著由東往西吹起的風，以妖精語說了幾句話。

5

不久，五名妖精從西方現身。

聽說他們在瑪莫統治卡農的時代，被黑妖精趕出故鄉森林，逃到亞拉尼亞。

妖精與黑妖精只不過同樣是森林妖精，敵對心態反而強烈。在眾神大戰屬於不同陣營，以這個物質界為舞台激戰。

「歡迎各位前來……」

蒂德莉特禮貌問候。

「既然拿出瑪莫王國這個名號，我們可不能拒絕。」

不悅回應的是聚落長老。史派克在成為國王之前也見過他一次。

「妳要談的是這個賽爾提斯的事情吧？」

長老說完，轉身看向像是要躲藏般站在大人們身後的一名少年。

名為賽爾提斯的少年繃緊表情走向前。

「這是其中之一。不過，我想提案的不是已經發生的事，是今後的事……」

蒂德莉特如此回答，告知想為光之森與闇之森訂下境界。

「妳說要架設妳的故鄉——不歸之森那樣的結界？」

「要藉助森之精靈王的力量架設結界。踏入該處就再也走不出來的迷途之森。」

蒂德莉特靜靜點頭。

「你們高等妖精昔日和人類斷絕關係，封閉不歸之森，而且甚至把我們當成人類對待，我們被趕出卡農的時候也沒伸出援手。」

妖精長老嚴厲地說。

看來，這支妖精族不只對黑妖精，對高等妖精也懷恨在心。

「確實，昔日我們就像是當成不歸之森裡有妖精界，將那座森林封閉，試著斷絕和物質界的關係。」

蒂德莉特點頭同意。

「當時你們別留在物質界，回去妖精界不就好了？」

潔妮雅冷漠地說。

「一點都沒錯。不過，長輩們沒這麼做。或許是因為來到物質界之後不再是純粹妖精。物質界原本是眾神用來居住的世界，精靈界與妖精界都是為了這個世界而存在。這個世界大概具備這裡獨有的魅力吧。」

「對我們來說，這個物質界才是故鄉。即使原本是妖精界的居民，如今也和人類沒有兩樣，血統也逐漸混合。」

長老說到這裡，瞥向莉芙。

「雖然兩邊都曾經排擠我，但我無論是妖精還是人類都很喜歡喔。覺得自己擁有兩種血統難能可貴。」

莉芙如此回答。

她敢光明正大說出這種話，史派克引以為傲。

「我們成功和人類和睦相處。但是，沒辦法和黑妖精這麼做。畢竟光與闇互不相容。」

長老果斷地說。

「說來遺憾，我也這麼認為。我覺得暗黑之森很醜陋，沒辦法喜歡。不過，對於黑妖精來說是重要的故鄉。可以請您認同這一點嗎？」

「所以要設下境界？不過，沒有任何一種迷途森林的結界，可以同時對妖精與黑妖精有效。」

「我想請分別司掌光明與黑暗的兩位森之精靈王提供助力，架設雙重結界。這麼一來，兩邊種族都無法通過境界。」

這就是蒂德莉特想出的祕計。

司掌光明的森之精靈王讓黑妖精迷途，司掌黑暗的森之精靈王讓妖精迷途。

「由妳這位高等妖精架設嗎？」

長老驚聲詢問。

「架設結界的不是我，是這邊的莉芙。」

蒂德莉特輕聲一笑，繞到半妖精女孩背後，雙手搭在她的肩膀。

「妳獨力架設雙重結界？」

長老疑惑般看向莉芙。

「也只能硬著頭皮上了。」

莉芙朝蒂德莉特投以懷恨的視線。

「而且會請她就這麼擔任境界的監視者。」

蒂德莉特驕傲地說。

「是以瑪莫王國之名赴任……」

史派克立刻補充說明。他必須強調這一點。

「同時，她也會成為黑妖精與妖精雙方的調停者。今後如果發生什麼問題，請向她申訴。」

「要怎麼聯絡待在結界裡的這個女孩？」

「要請妖精與黑妖精雙方各推舉一名聯絡員。希望這兩人也能擔任莉芙的工作助手。」

史派克向長老提出要求。

「只要妖精與黑妖精願意攜手合作，即使是雙重結界也可以進出的。」

莉芙輕聲說。

「怎麼可能願意……」

長老面有慍色。

潔妮雅也不發一語，但她心情也相同吧。

「或許這一天總有一天會來臨。到時候境界本身也會作廢吧。」

蒂德莉特歌唱般說。

「我們和人類不一樣，壽命很長，不會這麼輕易改變的。」

「還在小樹的時期可以改變。因為我自己就是這樣。」

蒂德莉特向長老投以微笑。

「這麼說來，記得妳是羅德斯騎士的伴侶。」

長老交互看著潘恩與蒂德莉特說。

妖精和人類也可能結為連理，但這種案例非常罕見。

「您願意接受嗎？」

史派克注視長老。

「總不能拒絕吧。這次怎麼想都是我們的錯。這邊的賽爾提斯傷害了那位少女，我們對此非得謝罪，需要贖罪的話，就讓我們受罰吧。」

長老說到這裡，妖精少年掛著覺悟的表情點頭。

「我原本沒要傷害那個女生，但是手不聽使喚。而且我以為她躲得開……」

「當然躲得開。」

黑妖精少女愧疚般說。

「為什麼沒躲開？妳認為只要自己受傷，就可以藉此和妖精開戰嗎？」

潔妮雅詢問少女。

「這種事，我並不是沒有想過……」

繆妮兒老實承認。

「不過，說起來我沒想過他的劍砍得中。我沒徹底識破他的招式。」

少女像是感到恥辱般低下頭。

「這代表妳學藝不精。妳就在莉芙小姐身邊學習吧。聯絡人由妳來當。」

潔妮雅以一反往常的溫柔表情對少女說。

「明白了。」

少女垂頭喪氣般點頭。

「那麼，這邊的聯絡人就是賽爾提斯了。」

妖精長老輕推少年的背。

「知道了啦。」

少年逼不得已般點頭。

「這樣就姑且解決了吧……」

史派克鬆了口氣。

「森林的境界決定了，不過瑪莫王國要讓光與闇混合起來吧？今後也會發生類似的問題。到時候我可沒辦法幫忙。」

莉芙壞心眼地說。

但她不是說「不會幫忙」，而是「沒辦法幫忙」，史派克心懷感謝。

實際上，史派克不認為監視境界是多麼忙碌的工作。今後肯定也需要她的助力。

「在境界裡蓋一間房子吧。我會偶爾過去視察。」

「反正你是國王，就隨你高興吧？」

莉芙說完撇過頭去。

「雖然可以隨我高興，但我可沒得輕鬆啊。」

史派克轉身看向闇之森低語。

統治瑪莫王國的問題多不可數，潘恩與蒂德莉特也離開了。雖然也有可以信賴的同伴，但是人材缺得不得了。

（一百年後，這座島會變成什麼樣子呢？）

不知道瑪莫王國可以延續多久。現狀必須全力度過每一天。只能祈禱日子可以持續下去。

但是說來幸運，瑪莫王國建國王史派克的不安沒有成真。

一百年後，瑪莫王國依然存續，史派克的子孫繼承王位。

然而，原本期待能持續千年的和平早早消逝。

因為捲入羅德斯全土的新大戰爆發了。

而且瑪莫王國也逐漸被捲入這場大戰——

後記

RECORD OF LODOSS WAR

終於完成了！

期待已久的各位讀者，真的非常抱歉。日文版當初預定在四月出版，卻晚了四個月。如果是一般的輕小說，應該已經再出一本左右了吧……

今年四月，我以輕小說作家出道進入第三十一年，但是寫作速度一個勁地變慢。我不認為今後會變快，所以我把目標設定為在一年以內出版第二集。請各位讀者耐心等候。

能夠在瞬息萬變的輕小說界持續創作三十年以上，都是多虧一直支持我的讀者們，真的很感謝各位。

話說，各位或許知道，本書《羅德斯島戰記　誓約之寶冠1》是《羅德斯島傳說》、《羅德斯島戰記》、《新羅德斯島戰記》的續篇。不過時代是《新戰記》的一百年後，主要角色也幾乎全部換新，所以我認為即使不看舊作也沒問題。或許也有讀者是從本書開始閱讀，請不必在意以前的劇情，繼續看下去。

老實說，我非常猶豫是否要撰寫新系列。因為無論想寫什麼樣的內容，都絕對會背叛某些讀者。「希望別再動這套作品」這種意見，我想肯定是存在的。

即使如此，我還是開始寫新的系列，雖然也是基於寫作生活滿三十週年，或是拓展國際市場這種不方便明講的原因，不過極端來說，只是因為我腦海浮現想寫出來的點子（主題？）罷了。而且不是單一，是複數。這些構想或許會層層交錯，鋪陳劇情，帶著我走到終點。身為作者的我「如此期待」。

現階段沒有明確決定結局。劇情會如何發展也是未知數。這是我一如往常的作風，大致都會順利進行。

只不過若要順利進行，我只能全心全意面對作品。重新挖掘世界設定，從舊作找出或許可以當成伏筆的段落，和新登場的角色們對話。執筆中的作者，和轉生到異世界有五成像。

幸好在撰寫本書的過程中，我「看見」了各種東西，所以應該可以勉強推進到第二集。

以自稱「羅德斯之騎士」的男主角（？）萊魯為首，瑪莫王國的王子與公主們將如何活躍，敬請期待。

還有多餘的篇幅，所以雖然唐突，不過請容我稍微補充說明本書奇幻用語的標示方式。

羅德斯是「西洋風格」的奇幻作品，所以原本的用語幾乎都是外來語。不過，使用音譯的名詞會失去奇幻作品獨特的磅礡感與幻想氣氛，所以我以前就傾向於避免這麼用。

另一方面，羅德斯也是「遊戲形式」的奇幻作品，所以特殊用語很多，如果不使用這類外來語，會發生無法和讀者共享意境的問題。

例如「怪物（monster）」，如果突然寫「哥布林出現了」，不知道哥布林的讀者就無法想像。即使知道，但是設定可能因作品而異，所以或許會混亂。

我的做法是在這種怪物第一次登場時以「赤色肌膚的小鬼」這種句子說明，或是以能夠想像外型的漢字取名，再以原本名稱的原文加註，寫成「赤肌鬼（Goblin）」這樣的方式。第二次之後還這麼標示很煩人，所以不加註直接寫成「赤肌鬼」。不過這始終是原則，會依照前後文或場面氣氛適度變更。

「魔法(spell)」也一樣，以「火球(Fireball)」為例，第一次出現的時候使用漢字讓讀者可以想像是何種魔法，並且以原文加註，不過第二次之後就不加註直接寫成「火球」。要是直接寫成「Fireball」，感覺會變得很像是遊戲。若在第一次的時候加註原文，後來看到沒加註的「火球」可能也會想用原文發音，不過念法就請各位自便吧。順帶一提，我自己是直接念成漢字的「火球」。因為我之所以加註，是希望和各位達成「火球是Fireball」的共識。

困難的部分在於「裝備(item)」。比方說「劍」這種大眾化的日文，我就不會加註「Sword」。這部分也是各位喜歡怎麼念都可以，但我會正常念成漢字的「劍」。「長劍(Long sword)」與「短劍(Short sword)」也因為我覺得只看漢字就知道意思，所以這次沒加註。

若是看到我刻意以原文加註，請各位當成我正以資料格式說明該登場人物的裝備。

要說隨興確實很隨興，但我今後也會多花心思，期許自己寫出易讀易懂的內容。

二〇一九年六月　水野良

羅德斯島戰記
誓約之寶冠 1
居然有幸接下羅德斯島系列的插圖工作，真的感觸良多！
前輩們建立至今的蒂德莉特形象與神韻，
要以畫筆表現真的非常困難，
不過希望插圖能讓各位看得開心。

羅德斯島戰記

誓約之寶冠

毀滅魔導王與魔像蠻妃 1 待續

作者：北下路来名　插畫：芝

「魔導王」與「魔像蠻妃」踏上旅途，
改變世界理應毀滅的命運！

回過神來，「我」發現自己來到了異世界，身上只穿著一件超土的睡衣。我似乎是以毀滅世界的「魔導王」身分被召喚過來的，但自己的能力值卻全部點到了土屬性上——而從我的能力中誕生的「最強武器」，不只是戰鬥能力高強，就連醋勁也深不可測？

NT$270/HK$90

史上最強大魔王轉生為村民A 1~2 待續

作者：下等妙人　插畫：水野早桜

動盪的勇者來襲！
破格的「魔王」大爺詮釋的校園英雄奇幻劇第二集登場！

拉維爾學園的轉學生——席爾菲．美爾海芬，過去「勇者」莉迪亞率領之軍隊當中的重量級人物。她主張亞德就是「魔王」轉生體，監視著亞德，同一時間，校方收到逼迫校慶停辦的威脅信，亞德被迫處在謀略的漩渦當中，但他當然不可能屈服！

各 **NT$220/HK$73**

誰都可以暗中助攻討伐魔王 1~3 待續

作者：槻影　插畫：bob

她很優秀，只不過……是個……致命的「冒失鬼」。
最強大無自覺的高等白魔導師史蒂芬・貝洛尼特登場！

新的輔助成員是名高等白魔導師，但卻是個致命的「冒失鬼」……超越所有預測及期待，最為強大的無自覺現象，說的就是史蒂芬。在魔王之影也蠢蠢欲動的巨魔像山谷中，亞雷斯這次也能順利完成工作嗎？此為高等僧侶亞雷斯引領聖勇者成為英雄的故事。

各 **NT$240~250/HK$80~83**

問題兒童的最終考驗 1~6 待續

作者：竜ノ湖太郎　插畫：ももこ

大陸之謎越發深邃☆金翅之焰展翼翱翔！
地上發生異變的時候，耀在最底層遭遇到的存在又是什麼──

問題兒童們和黑兔與御門釋天等人會合後，一行人強制因戰鬥而耗損的逆廻十六夜安靜休息，同時繼續研究亞特蘭提斯大陸的謎題。而後，舞台轉移到地下迷宮。單獨先行前往最底層的春日部耀與負責尋找石碑的其他人卻因為火山突然爆發而導致事態丕變！

各 **NT$180~220/HK$55~75**

魔術學園領域的拳王 1~3 待續

作者：下等妙人　插畫：瑠奈璃亞

第二十九屆Fantasia大賞銀賞！
邁向強者的品格，無可匹敵的校園戰鬥劇第三戰！

柴闇遇見了少女凜音——她哥哥為追求力量而離開她的身邊。此時，柴闇等人代表龍帝學園參加國內最大盛事「全領戰」，對上了關東領域最凶悍的「黑冥喚學園」。其中的頂尖選手「九月院瞬崩」正是凜音的哥哥！為了讓兄妹倆重修舊好，柴闇將奮力一戰！

各 **NT$230~240/HK$75~80**

國家圖書館出版品預行編目資料

羅德斯島戰記：誓約之寶冠 / 水野良作；哈泥蛙譯.
-- 初版. -- 臺北市：臺灣角川, 2020.06-
冊；　公分. -- (Kadokawa fantastic novels)

譯自：ロードス島戦記 誓約の宝冠. 1
ISBN 978-957-743-827-0(第1冊：平裝)

861.57　　　　109005107

Kadokawa
Fantastic
Novels

羅德斯島戰記 誓約之寶冠 1

（原著名：ロードス島戦記 誓約の宝冠 1）

2020年6月8日 初版第1刷發行

作　者：水野良
插　畫：左
譯　者：哈泥蛙

發行人：岩崎剛人
總經理：楊淑媄
資深總監：許嘉鴻
總編輯：蔡佩芬
編　輯：吳欣怡
美術設計：吳佳昫
印　務：李明修（主任）、張加恩（主任）、張凱棋

發行所：台灣角川股份有限公司
地　址：105台北市光復北路11巷44號5樓
電　話：（02）2747-2433
傳　真：（02）2747-2558
網　址：http://www.kadokawa.com.tw
劃撥帳戶：台灣角川股份有限公司
劃撥帳號：19487412
法律顧問：有澤法律事務所
製　版：尚騰印刷事業有限公司
ISBN：978-957-743-827-0